爱的
发酵期

吕玫◎著

世纪文库
Century Literature

世纪出版集团 上海人民出版社

上海世纪文睿文化传播公司 出品

献给詹琅庭和他的爸爸

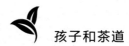 **孩子和茶道**

这一两年，关于孩子的教育问题不断被提出，如今，我们的孩子不缺吃穿，却常常不快乐。

我们的父辈，总会有比较多的孩子，工作辛苦，生活艰难，孩子在不知不觉中长大，尊敬父母，友爱家人。在我的记忆中，这是中国人传统的家庭结构。

如今，越来越多的家庭只有一个孩子，国人对孩子的关注度也是前所未有。长辈把最好的都奉献给自己的孩子，但我们还是常常会听见不和谐的声音。

比如，因为一件在我们看来并不怎么严重的事情，正在花季的孩子选择跳楼自杀。家长无比悲痛和不舍，向来在呵护中成长的孩子，居然如此决绝地舍弃生命。

又比如，我们看见这样的新闻报道——在母亲供养中继续留学生涯的青年，居然向辛苦操劳的母亲举起了刀，血案后，母亲却向法官求情，希望轻判。

　　父母爱孩子是天性。

　　子女孝敬父母，应该也是天性吧。在孩子幼年的时候，总会在人群中注视自己的父母，向他们微笑。

　　然后，随着孩子的长大，亲子关系渐渐复杂起来。

　　作为一个人，首先是别人的孩子，然后其中的绝大多数才会变成父母。

　　我们的人生就在这样的轮回中进步着，随着吕玫小姐和"一茶一坐"合作的茶恋小说系列进入第七年，我们的七年之痒也第一次直面这一人生的重要问题。

　　我们怎样成为父母？成为父母之后，我们怎样继续自己的人生？

　　我是个爱喝茶的人，同时我也是一个父亲，读到吕玫小姐今年的小说，我产生了共鸣。

　　孩子的出生对于我们的人生来说，真的是一个重要的发酵过程，我们因此而成长成熟。虽然我们不可能是最最完美的父母，但起码，我一直希望能成为问心无愧的父亲。

　　"一茶一坐"有很多员工，他们在这个大家庭里完成了恋爱结婚生子的过程，看着他们年轻稚嫩的面孔变得成熟坚定，我十分欣慰。

我常常像对待子侄一样跟他们闲聊，希望他们的生活愉快而幸福。作为一个比他们年长一点的父亲，我希望他们在学会品茶的同时，体验到育儿的道理。不同的茶，要用不同的水温和手法来沏泡；不同的孩子，也要用不同的方法来对待。就像红茶的味道和绿茶不可比一样，孩子的成长也是不一样的，不可比的。

　　如果身为父母的我们，能够明白这个道理，在和孩子交流的时候，一定也能避开不少误区吧！

　　人生如茶，会在浓烈之后变得平淡。

　　教育孩子一如茶道。了解茶性，才能泡出好茶；了解孩子，才能成为好的父母；了解你的员工，才会有好的企业；了解你的朋友，才会有长久的友谊；了解你的家人，你们才会幸福地生活在一起。

　　在生育抚养孩子的过程中，我们如茶青一样发酵，提升自己的品质，我们的心灵会焕发出宝石一样的光彩。

　　邀请你，分享这一杯祁门红茶。也邀请你，一起体会我们自己的人生。

一茶一坐总裁　陈定宗

2011 年 夏

代序

　　2010 年的 6 月，我完成了两件大事：一是小说《回甘》的上市；二是我做了妈妈，在 6 月 8 日的清晨顺产生下了我的儿子。

　　在我的小说里，《回甘》是比较偶像化的一本，可以说是用来纪念我的青春岁月的。而在这一年 6 月的我，身份和心理都完成了一个大转折。

　　在这里，我很想对我旧日的一些朋友和同事说一声"对不起"，当我自己也成为一个妈妈的时候，我忽然意识到了带孩子的辛苦。以前在工作的时候，我常常义正辞严地教育你们——效率高一点，你的角色不仅仅是个妈妈。那时候我催促你们在本该照顾孩子的时候去加班，在应该陪伴孩子的时候离开家来工作，现在想来我的那些唠里唠叨，实在是十分残忍的啊。

　　每当我在写稿被他的哭声打断时，我就会站在他的婴儿床边，看着他好像塞了半个乒乓球一样鼓起来的腮帮子，这时我忘了自己所有的角色，这一刻，一切都是浮云，我的心里只想做好他的妈妈。

孩子 100 天的时候，会用小手拿着玩具老虎的耳朵将它提起来，到 4 个月 25 天的时候，不仅能拿得很好，而且还会在我的指示下将拿起来的老虎放在童车里。那一天我给他记日记的时候，我写到："宝宝今天会拿了，同时也听得懂'放'了，并且试着放了。"

第二天我看日记的时候，忽然发现这竟是很有哲理的呢，在学习"拿"的时候，就要学会"放"。

人生也是如此。

这一次的故事跟孩子有关，当然也和茶有关，这一次的茶，叫作"群芳最"。

"群芳最"，是祁门红茶的别称。

通过完全发酵制成的祁红，没有了绿茶的锐香，茶叶也变成黑黑的，所以英文叫做"black tea"，但泡出来的茶汤却是红艳而魅惑的，宛若宝石。

对于新妈妈来讲，怀孕生孩子的阶段，就好像茶青的发酵。青春的感觉少了一点，成熟的滋味多了一些。看起来已不是旧日模样，但心里却焕发出了宝石一样的光泽。

在孩子的眼中，妈妈是最美最亲的人。当他用小小嫩嫩的手摸着你的脸，用他天真单纯的眼睛信任地看着你，然后甜甜地对你笑的时候，那一瞬间，你会体会到——"群芳最"的境界。

　　写下这段文字的时候，我的杯中就泡着一杯祁门红茶，红宝石一样的茶汤，喝一口是醇和的滋味，人生的起落如果也把它看成优美的发酵过程，心情一定也会舒展一些吧。

　　产后的我，度过了一个很痛苦的抑郁阶段。当我开始写作的时候，心里忽然充实了很多，情绪也变得平和了。

　　今年的小说，要特地送给亲爱的妈妈们，当你烦恼沮丧失意的时候，记得你不是孤单的一个人，让我们彼此温暖，坚持着，慢慢地天会亮起来，宝宝会学会微笑、讲话和奔跑，人生会变得更加充实。

吕玫

2010-11-3 于上海紫藤苑

Contents

目录

Chapter 01
失落的天鹅

今天，是本年度上海最冷的一天，最低温度零下6度，最高温度也只有1度，草坪边还有积雪没有化掉。

关泓一边跺着脚一边自言自语地抱怨着："什么鬼天气，以为上海暖和才来的，没想到比东北还冷。"

在人不断迁徙的今天，我们常常这山望得那山高，在上海会羡慕北京，在都市又渴望乡村，我们总想逃离自己现在的生活，然后发现自己落入另一个圈套。

关泓在沈阳长大，在没有来上海以前，她充满了期待，但在上海生活久了，又生出对沈阳的眷恋来了。

关泓符合优生学的条件，来自上海的母亲和来自东北的父亲，距离遥远，据说这样生出来的孩子一般会集中父母两人的优点。

白皙的皮肤，柔软的腰肢，精致的五官，修长的四肢。从小老师都说"关泓生就一副吃文艺饭的样子，站在舞台上耀眼得很"。听着这样的表扬，一路从区少年宫到了舞蹈学院，毕业前的汇报演出，她是主角。

可是，一毕业进了芭蕾舞团，关泓才意识到，舞团里的每一个同事几乎都是听着这样的表扬长大的。同一个学院的前辈，进团四年了，永远都是群舞。更有好几位校友，已经离开了舞团，走之前，从未跳过有名字的角色。

看着她们，关泓就会有一种莫名的焦虑，仿佛看见数年后的自己。

今天，要公布新年贺岁剧目《天鹅湖》的演员名单，选角的公布栏前，关泓焦急地寻找着，她不敢直接看主角的部分，视线先向中间部分划过去——没有。难道说被选上了？关泓带着侥幸心理看向演员名单的前几排，然后她看见了杨思的名字——黑天鹅 B 角。

关泓的心里"咯噔"一下，这小丫头，今年夏天才刚刚进团，居然就能拿到这样的机会，说不定跟艺术总监睡过觉了。关泓在心里这样粗鲁地判断着。也就在这时，她在最后的群舞组里看见自己的名字，并且还排在末尾。

关泓的眼前浮现起扎着马尾辫的艺术总监略带浮肿的脸，还有他胸口整天挂着的真丝围巾。

"亲爱的，你看看，这张照片上的大师，人家也戴着跟我一样的一款丝巾呢。"昨天他还鲜格格地在关泓面前摆着排场。其实关泓知道，他的丝巾是淘宝上百多块钱买的仿款。

不过为了在选角的时候让他网开一面，关泓还是很给面子地附和了他："这种围巾哦，一般人戴起来就像娘娘腔，也就总监你戴起来显得飘逸。"

"其实你更娘娘腔。"看着自己不过拿了个大龙套，关泓恨恨地补了一句。

"啥宁娘娘腔啊？"有人接茬，把关泓吓了一跳。她一回身，看见一脸稚气的杨思带着夏曦走了过来。

"阿姐，阿哥来寻你。"

杨思就有这样的本事，一张嘴巴像抹了蜜一样，阿哥阿姐喊得很溜，一口上海话说得荒腔走板，还就能坦荡荡地挂在嘴边。

这一点关泓知道自己是做不到的，她没办法跟随意地打成一片，也很在意别人对自己的看法。

关泓下意识地想挡住公告板。在夏曦面前，她不止一次炫耀过自己的辉煌过去，不知道为什么，在这个男人面前，她希望自己是完美的。

夏曦和关泓是在朋友的朋友的聚会上认识的，算是一见钟情吧，不过，关泓还不准备就两个人的关系下什么定义。

在关泓的字典里，排在第一位的是——女主角，而不是——妻子。

5岁开始学跳舞，坚持了快二十年，25岁的年纪，再不出成绩，就等着退休吧。

其实我们现在所受的教育，让我们把自己定位在医生、教师、司机甚至明星，却很少有人跟你说，未来，你将成为谁谁谁的丈夫或是妻子，你们要学着与对方相处，和睦地过一辈子。

这种需要一辈子完成的角色，该怎么担当，并没有人教过你。

像关泓，站在选角的公告板面前，对于夏曦的突然出现并没有太多的喜悦，因为事业上的巨大挫败感，让她情绪低落。

都市里的女人经常会遇到这样的压力。压力带来的那种不快乐，即使有爱情陪在身边，也还是会存在。

也许，这就是所谓的中性化的趋势吧。不管是男人还是女人，生存排在第一位，为了更好地生存，我们忘了自己生存着的本来面目。

"你怎么来了？我今天忙得很，没有空哦。"关泓带着夏曦往外走，嘴里矜持地掩饰着自己的失落。

"再忙也要吃饭吧，就陪我吃个晚饭，好不好？"

哪怕她拉着脸不开心的样子，也让他如沐春风。

关泓哪里有事啊，今天的排练，跟龙套无关，可龙套们还是要坐在一边发呆，看着别人兴高采烈地表演自己想要表现的桥段。

正好夏曦提出了约请，关泓咬了咬牙，离开了排练厅。

随它去吧，大不了连龙套都不让我跳。

关泓赌着气和夏曦一起坐了下来，"一杯咖啡，一份蔬菜色拉。"

长久以来为了控制自己的体重，关泓一直吃得很少。当然也有那样的人，可以吃一份牛排两块蛋糕，饭后还嚼着巧克力当点心，但体重还是稳稳地停在 80 斤的，比如杨思。

每次跟杨思一起吃饭，对于关泓来说都是一种折磨。小姑娘比关泓瘦，但食量起码是关泓的两倍，看着她大吃大喝的样子，关泓觉得自己的口水都快在心里变成堰塞湖了。

人家还说了："阿姐，你只管吃好了，不会发胖的，我从小就是这么吃的，从来不会胖！我们家里人都是这样的。再说了，我们每天这么辛苦，不多吃一点是扛不住的啊。"

基因，再一次让关泓产生强烈的挫败感。是的，他们家有着怎么吃都不胖的天赋，可是关泓却拥有着喝水也会胖的基因。

关泓的妈妈从 30 岁以后晚上就不吃主食了，可还是很丰满。至于关泓的爸爸，早就因为没有节制，而变成了一个胖子。

看着这样的父母，让关泓怎么有勇气大吃大喝呢？

其实，胖一点，只要健康，并没有什么不好，可是如果你在舞台上才一举腿，就会有人不耐烦地说："关小姐，你要少吃一点了，瞧你那腿，哪里是天鹅，再下去就变成烤鸭了。"

你，还吃得下去吗？

每次被艺术总监这样讥笑过之后，关泓都会问自己。

"为什么我要跳舞呢？我真的爱这个工作吗？"

可是，20 年了，只做这一件事情，不跳舞，还能做什么？

看着菜单，关泓开了小差，完全没听见夏曦说话，也没注意夏曦点了什么菜。

服务生很快将满满的一桌菜端了上来。

"你干什么，三天没吃饭啊？"

对于一个每天控制着食欲的人来说，在她的面前摆上一桌子的美味，实在是一种酷刑啊。

"我今天就想好好地和你吃一顿饭，所以自作主张多点了一些，你真的太瘦了，为了一份工作，值得这么折磨自己吗？大不了不跳舞了，又怎么样？"夏曦就是这样一个人，他认真工作，但是并不希望工作影响自己的生活，也许就是他的这种轻松感吸引着关泓吧。

从小妈妈可不是这样跟关泓说的，她说的是另一个故事。

"泓泓啊，妈妈当年是有希望可以留在上海的，可是一时头脑发热当了知青。那时候我在学校是《天鹅湖》的女主角，人人都叫我天鹅公主呢。我生你的那天，晚上做梦梦到了一只美丽的天鹅，我就知道生的是个女儿，果然，你就来了，是老天把你赐给我的，你好好跳，把妈妈失去的都补回来，不管多辛苦，妈妈都支持你跳下去。"

怎么会不辛苦呢？

别的孩子在玩泥巴跳房子的时候，关泓在舞蹈房里一遍遍练习着《阿桑布莱》。

夏天，关泓没穿过一次凉鞋，伤痕累累的脚，没有办法暴露在阳光下面，而且，脚是她身上最宝贝的部分。

衣服可以在小店里淘，鞋却一定要买最合适的，要给脚最妥贴的保护。

但，一切的付出可能都是没有意义的。

25 岁，还在跑着龙套。谭元元，只有一个啊！

"不跳舞，我能做什么呢？"关泓叹了口气，这是个纠结了很久的问题，再说，如果自己不跳舞，妈妈会怒不可遏吧？

这是她一辈子的梦想，她才不管女儿背负着这个梦想有多么沉重呢！

"或许，你可以做我的妻子？"夏曦淡淡地说，那种神情就好像在说——不爱吃馄饨的话，我们换个饺子吃吃好了。

关泓一下没明白："你说什么？我没听清楚。"

"傻瓜，我在向你求婚。等你不想跳舞的那一天，如果你不知道自己该干什么，就来做我的妻子，这句话的有效期，我想想，60 年，怎么样？我今年 30 岁，到我 90 岁都有效，再老了，我就不能照顾你了。"夏曦笑眯眯地说。

关泓笑了起来："就算我今天心情不好，你也别开这种玩笑。"

"不是开玩笑，我是认真的，虽然我们才认识了 42 天，但我愿意把我的一辈子都交给你，如果你愿意，我们现在就可以去结婚。"

这种场面，如果是日剧，也许女主角会笑着流下眼泪；如果是美剧，整个饭店的客人都会一起兴高采烈地拍手鼓掌；如果是韩剧，女主角会给男主角一个大耳刮子，然后大声骂上一通。

可惜这不是电视剧，关泓不知道该怎么应对，尤其是她因为今天公演没有被选上，心情极度抑郁，从一开始就心不在焉。

但是，毕竟这是心仪的男人在认真地求婚，关泓吃惊不小。

每次遇到这种吃惊的状态，关泓的脑子里总是一片空白。

就在这时候，仿佛有人安排好给她解围一样，夏曦的手机响了。

夏曦的手机振铃选择的是一首儿歌《洋娃娃和小熊跳舞》。

洋娃娃和小熊跳舞跳呀跳呀一二一，
它们在跳圆圈舞啊跳啊跳啊一二一；
小洋娃娃点点头啊点点头啊一二一，
小熊小熊点点头啊点点头啊一二一。

天真的歌声，好像在催促关泓的决定。

关泓正要摇头，夏曦已经接起了电话。

"我在外面，对，还没回家，什么，你摔下来了，你爸妈呢，不在啊？可是我现在真的走不开啊。好好好，我就来，你躺着别动。"

听夏曦跟手机那一头的对话，是十分熟稔的关系。

"我必须得离开一下，真的很抱歉。"夏曦一脸的歉意。

关泓却忽然一下子清醒了。

这是什么情况，刚刚还在求婚，一个电话就要走？

关泓心里争强好胜的潜能爆发了出来。

"谁的电话？出什么事了？"

"是文琪，你记得吗？我们就是在她的生日宴会上认识的，她在家里摔了一跤，爬不起来了，可能是骨折，她家没人，要我赶快去救命呢。没办法，我去去就来，你等我，好吗？"

女孩子最听不得的可能就是"你等我"三个字了。

你可以等我一辈子，但要我等你，是谁值得你撇下我就这么离开？

还在求婚的阶段，就会为了她离开，要是真的结了婚，那还不得出乱子？

就算我不跟你结婚，但今天我得把面前的这个对手砍下马去。

总不能在舞台上跑着龙套，在自己的感情故事里，也变成 B 角吧？！

关泓大脑里的危机扫描仪立刻启动，迅速搜索出了文琪的样子，那是个圆圆脸的女孩，虽然只见过一次，但她记得在生日宴会上，文琪不断对夏曦示好，已经到了不加掩饰的地步。那种感觉，就好像夏曦已经是她的囊中物。

森林里的两只母狮子相遇，其中的一只身边跟着一只雄狮，她们会说什么呢？

"这是我的，你再找别的去吧。"

偏偏雄狮却向另一只表达了爱。

于是这一只被迫进入了应敌状态。

"可是没办法，他爱的是我，你一边儿去吧。"

于是，在公演中落选主角的关泓，主动切换了频道，决定打起全副精神在感情的舞台上保住自己的 A 角。

她优雅而迷人地捉住了夏曦的手："我陪你去吧，你一个男人照顾女病人总是不方便的，我跟你去可以帮得上忙。"

夏曦看了看一桌子动也没动过的菜。

"没关系，我们先打包，回我宿舍再热热好了，毕竟去救人比较重要嘛。"

夏曦觉得关泓真是一个大度的女人，除了优雅迷人的外表之外，她还有一颗善良的心。夏曦觉得幸福极了。

于是，他想也没有想文琪一旦和关泓相遇会是怎样的结果，就喜滋滋地和关泓一起向文琪家里进发了。

文琪的家住在一个全电梯房的小区里，环境清雅干净。

"没想到文琪租的房子这么好啊。"关泓下意识地说。

"不是租的，这是文琪五年前买的，那时候房价还没有现在这么高，她爸妈贴她一点钱，她自己按揭买的。在我们这一班高中同学里面，文琪在这方面是最有头脑的，当时她就像你现在这个年纪，25岁。我们都劝她别急着买房，没想到时间检验真理，她的决定是对的。这套房子已经翻了将近三倍，文琪的身价在我们这些同学里面一下子就变成最高的啦。"

讲到文琪，夏曦有点夸奖的意思，这让关泓很不以为然，但是现实摆在眼前，人家虽然痴长了五岁，可这一套高尚地段的房子能增加多少分数啊！

关泓去年租房子的时候也了解过一点房产方面的信息，她知道这样一套房子的租金差不多要五千元，市值则将近四百万。

她没想到貌不惊人的文琪，居然有这么丰厚的一笔嫁衣。

一直单纯地活在芭蕾舞台上的关泓，是有点心高气傲的，可是和夏曦的交往让她接触到了现实生活，离开了舞台的追光，她只是个拿着微薄工资的小姑娘而已。

来开门的文琪见到关泓也很吃惊。

她安排的是个很老套的桥段。

今天是夏曦的生日，文琪安排了烛光晚餐，想和他一起庆祝生日。

她花了好几天的时间将家里收拾整洁，客厅插了花，浴室薰了香，连卧室里的四件套也特地换上了夏曦喜欢的藏蓝色。

为了这一天，30 岁的文琪浮想联翩，她希望在自己准备的文雅舒适的家庭氛围里，将夏曦一举拿下。

但她没想到的是，夏曦应召而来，还带来了关泓。

这只母狮子自然也记得对手，那天的生日宴会，夏曦一见到高傲雅致的关泓就两眼放光，整个晚上都与关泓眉来眼去。

就像关泓不喜欢文琪一样，文琪也很讨厌关泓。

这种苗条瘦弱的女孩，气质有点冷艳，正是夏曦最喜欢的类型。

从高中就开始暗恋夏曦的文琪，敏锐地感觉到了威胁，所以她才会导演这一场烛光晚餐，免得夜长梦多，日后如果上演一场《我最好朋友的婚礼》，她的身边可没有第二人选。

但是，最害怕的往往就最容易发生，关泓果然和夏曦黏在了一起。

幸好，我有备而来。文琪在心里安慰自己。

看着文琪精心准备的一大桌子菜，样样都是自己爱吃的，夏曦也的确是有些感动。

"文琪，你真不愧是我的好朋友，连我爸妈都只不过给我打了个电话就算慰问过了，只有你想到我啊。"

夏曦就是这么个人，想到什么就直说了，也许在他的潜意识里完全没有把文琪当成女人吧。

认识了十几年的朋友，很多时候会忽略彼此的性别，如果大家都没有什么别的想法，这种相处方式是一种境界，但如果其中一个有更高层次的需求，夏曦的表达方式是很容易让别人误解的。

这好像在说——所有的人里面就是你对我最好，超过了我的父母。

这种褒奖对于一个暗恋的女人来说，是致命的吧？！文琪的心跳立刻亢奋起来。

文琪的屋子里，到处写满她的心思。门口为夏曦准备的拖鞋，和文琪自己的拖鞋是配对的；桌上两副碗筷，是情侣对；电视机边上摆着水晶相框，里面是文琪和夏曦的合影。整个屋子给人的感觉，就好像夏曦已经住在里面一样。

关泓感觉到了压力，好像自己是个不光彩的第三者，走进了正主儿的婚房。

可是，关泓有关泓的本事，她大刺刺地走到桌边坐下，没心没肺地拿起了筷子，夸张地说："饿了，中午就没吃。文琪，你的手艺真好，我一看见你做的菜就更饿了。"

夏曦心疼地说："都是我害你一桌子菜一口都没吃上。文琪，你也真是的，早说是来吃饭，我就把你一起叫到饭店去了，我们菜才上桌，以为你出大事了才赶来的。来，你先吃。"

夏曦一点儿也不客气地往关泓面前的碟子里夹了几只虾："这个没什么脂肪，我知道你爱吃。"

"你看你，好像你是主人一样。文琪，来呀，一起吃。"关泓老实不客气地吃了起来。

文琪心里气得要命，但脸上还是一副很淡定的样子："好，你们先吃，我再去拿一副碗筷。"

过了片刻，文琪从厨房里出来，不过手上拿着的不是碗筷，而是一个精致的蛋糕。

"夏曦，三十岁生日快乐！"

"哇，好漂亮的慕斯蛋糕。"关泓赞叹了一声。

"我知道你爱吃慕斯蛋糕，特地去学了，以后每年你过生日，我都会为你做一个慕斯蛋糕。"烛光将文琪平庸的脸衬得特别贤惠。

关泓的心里忽然觉得很不是滋味，她立刻有了一种划定地盘的冲动。

"好啊，夏曦，以后每年我们一起吃。"关泓冷不丁地冒出了这么一句。

对于文琪明白得已经没法再明白的表白，夏曦一直显得不明所以，但听见关泓的话，夏曦一下子变得伶俐了。

也许，他并不是真的糊涂吧！

"你是说你愿意陪我过每一个生日吗？那么对于我刚才的……"

"对，我答应了，不管我跳不跳舞，我们都可以在一起啊。我送给你的而立之年的生日礼物就是接受你的求婚。"关泓笑盈盈地说。

当关泓将自己昨晚的经历告诉杨思的时候，杨思吓得差点从凳子上跌下来。

"什么，阿姐，你答应他的求婚了啊，你们不是上个月才认识的吗？"

"是啊，当时呵，你不知道那个女人气得脸都变色了，哈哈，过瘾啊，胜利的感觉。"

"什么胜利啊，这可是你的人生大事，你就这么糊里糊涂把自己嫁了吗？"

"什么跟什么啊，我只是答应了他的求婚，又没说哪天嫁给他。再说了结婚还能离婚呢，答应了还不兴反悔啊？我只是气气文琪而已，谁让她一副贤妻良母的样子，让我看了不给力！"

"不过，我看夏曦可不这么觉得，你看，人来了。"杨思古灵精怪地向门外指了指。

杨思和关泓合租了一套一楼的两室一厅，老式小区，通风不是很好，大白天的，两个人开着门透透家里的潮气，一块蜡染的花布当作门帘遮遮羞，风过处，只看见夏曦微笑着走了过来。

关泓和杨思都穿着宽松的棉睡衣，一见夏曦过来两个人吓得分别钻进自己的房间。等到关泓换上了羊毛连衣裙走出来的时候，赫然看见文琪坐在夏曦的身边，正在饶有兴趣地打量着出租屋里的设施。

"没想到芭蕾舞演员，台上那么优雅，居然只租这么简陋的房子啊？

关小姐还真是会精打细算地过日子。"文琪的语气中略有些得意。

"这位阿姨，你不懂了吧，我们这不叫精打细算，叫环保。这里离我们团很近，走走就到了，面积小，还省空调费。"杨思正好走出来，毫不留情地回击了文琪。

文琪脸色一窒——阿姨？本小姐今年才不过30岁，你叫谁阿姨啊！但看了看身边的夏曦，她还是忍住了不快。

今天是她的最后一搏，她不相信才认识了一个多月的关泓和夏曦真的会结婚。

说实话，夏曦不过是个条件普通的经济适用男，也就是文琪这样自己有房的大龄女子，加上又是高中就暗恋的对象，才会一心跟他结婚。像关泓这样条件的女孩子，追她的有钱人还不是一大把，怎么会真的和夏曦这样月薪不过一万，没房没车的平庸男人结婚呢？

于是她极力怂恿夏曦趁热打铁，今天就来跟关泓确认领结婚证的时间。

她希望置之死地而后生，将关泓逼到角落，让她自己亲口承认，她昨天的话只是玩笑。

可是文琪实在是不了解关泓，她是个不能受刺激的人。

当着文琪的面，关泓答应夏曦，下个月她过生日的那天，就跟夏曦去领证。

在关泓看来，领证就领呗，大不了日后再去领一张离婚证。

杨思却不这么看："阿姐，我看你一定是一见钟情了，不然的话，怎么会这么爽快就答应去领证？这可是结婚，一辈子的事。"

"这有什么，大S不也是闪婚的吗？再说了，领证又不是办酒，只要没公开，随时可以散。"

"阿姐，我真是佩服你，这么前卫。我可做不到，如果不是爱得死去活来，我决不结婚，不，爱得要命也不结婚，就谈恋爱不好吗？一结婚就成了妇女，好像辈分都不一样了，我接受不了。"

关泓白了杨思一眼，想了想，觉得跟夏曦结婚也没什么可怕的，就释然了。

夏曦属于那种高大白净的男孩子，很温和很细心。关泓仔细回想了两个人交往的过程，觉得没什么让她很不舒服的地方，就这样跟这个人过一辈子？不不不，在关泓的心里更在意的是下个月《胡桃夹子》的选角。

"这一次我一定要得到一个好角色，都25岁了，如果再跑龙套，也许真的该退休了。"关泓暗暗想着。

转眼就到了关泓的生日，也到了和夏曦约好领证的日子，带上户口本、身份证，填个表，拍张照，交了九块钱，就领回两张大红的结婚证。

文琪真是奇女子，居然又跟来了。

关泓看着她真是气不打一处来，这个女人，跟夏曦非亲非故，一天到晚阴魂不散地跟着，好，现在钢印一敲，夏曦是我的啦，这下你可以满意了吧？

文琪真的没想到，夏曦和关泓就这样成了法定的夫妻。

一切对她来说，就像一个梦，她很希望早晨醒来的时候一切都回复了原样，夏曦还是那个大大咧咧的单身男孩，而她，还是与他最亲密的女孩。

可惜，走在身边的不一定是伴侣。

爱情这东西也不讲先来后到。

在关泓来说，她赢了文琪，但是赢得的是什么，她却并不清楚。

她和夏曦还是像恋爱时一样约会吃饭看电影逛街，更多的时间，她在团里训练，为自己的目标努力。

她还是和杨思一起合租，她倒是天天回家，可杨思却经常夜不归宿。

"小丫头，怎么搞得好像结婚的那个人是你一样，你给我老实交代，你干什么去了？"关泓可不想和一个生活作风随便的女孩子住在一起。

"阿姐，我告诉你，你可得替我保密，我参加了电视台的一个电视剧选秀比赛，如果获胜，可以在他们今年特别制作的电视剧里担任女主角。"

"啊？你不跳舞了吗？"

"也不是不跳，可是如果有更大的舞台，我为什么不试一试？"

没想到比自己机会好的杨思居然对现状还不满足，关泓受了刺激，不过转而她又兴奋起来，这下子《胡桃夹子》的甄选，少了一个劲敌。

高兴了还没三分钟，夏曦来了，他让关泓跟她一起去参加他妈妈的生日宴会。

"不去，你妈过生日，我为什么要去？"

"你是我老婆，见见自己的婆婆总是需要的吧？我妈一定会喜欢你的，不喜欢也没事，反正你也不是嫁给她。"

夏曦总是这么一副无所谓的样子，可这种状态却很让关泓安心，所以为了夏曦，关泓还是精心打扮了一番。

在这之前，关泓从未见过夏曦的家人，也没了解过他们的职业，不过看看夏曦，关泓就放心了，能教育出这么温文尔雅的儿子，他的父母一定也差不到哪里去吧。

于是，绝不是丑媳妇的关泓要去拜见自己的公公婆婆了，她并不知道等待她的会是什么，在她看来，这不过是一顿家常便饭，然后她和夏曦各回各家，一切还不是老样子？

可是，结婚，真的是关泓想的那么简单吗？

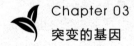
走进夏曦的家，关泓吓了一跳，夏曦也许是夏家基因突变的结果，他的温文尔雅文质彬彬在夏家完全找不到同类项。

夏爸爸倒是也很高大，但是表情有点木纳，微微还有点驼背。

夏妈妈显得比夏爸爸要大十岁都不止，穿着大花的衣服，那种款式有点上世纪八十年代的意思。

夏曦的姐姐夏晨显得很中性化，极短的短发，嗓音沙哑，脸色发黄，穿着裤脚已经磨破了的运动服，一眼看过去还以为是个上了年纪的男人。

夏曦的家也很让关泓失望，是关泓见过的最局促的石库门老房子。

夏曦住的亭子间，被一张床和一个衣橱塞得满满当当。

一楼公用的厨房，二楼公用的卫生间，夏曦的爸妈和姐姐住在楼上一间朝南的大房间里，阳光倒是很好，但因为摆了两张床而显得局促。饭桌就摆在两张床之间，一家人坐在床上吃饭。

事后杨思笑得跌倒在床上："你跟他们全家人第一次见面就一起上了床啊？"

从外地来上海的人，很难想象上海人逼仄的居住环境。

夏曦的妈妈虽然是寿星，但听说宝贝儿子今天会带女朋友上门，兴奋地忙碌了一天，鸡鸭鱼肉一样不缺地烧了一桌子菜。

可惜，这一桌子菜，都不入关泓的法眼。

红烧肉卤蛋，关泓只吃了一片里面作为配菜的豆腐干；鱼头粉皮汤，不吃鱼头不喝汤，只捞了几片粉皮吃吃；面前一叠蒜泥黄瓜，关泓伸伸筷子又放了下来。油焖大虾倒是吃了三只，不过是在清水里漂掉了酱汁才吃的。

然后她放下了筷子，施施然地坐着。

客人不吃，主人也不好意思吃了，干脆闲聊吧。

可每个问题都让关泓没法长篇大论地回答，只有两个字。

"你们芭蕾舞演员收入高吧？"

"还行。"

"你都演过哪些角色啊？"

"不多。"

"这个行当要从小练的哦？"

"是的。"

几个回合下来，大家就没什么话题了，眼见着一桌菜凉掉，气氛越来越尴尬。

夏晨见关泓端然坐着，一副油盐不进刀枪不入的样子，有点不爽了。

她把筷子往台面上一拍，说："关小姐，你来之前吃过饭啊？"

关泓还是两个字："没有。"

夏晨看了看关泓微笑矜持的脸，更加不爽："那你吃不惯我们家的饭菜？"

关泓说了三个字："蛮好的。"

夏晨一拳头打在棉花上，说不出的难受："那你为什么不吃呢？"

关泓看了看自己面前碗里面堆成小山一样的菜，笑了："我吃饱了，这已经比我平时吃得多多了。"

夏晨诧异了："你就吃这么一点？"

夏曦说："是啊，为了维持体型，关泓是很能克制自己的，她跟你可不一样，你看看你，腰粗得像水桶似的。"

夏晨还要再说话，夏妈妈拦住了她："好了，夏晨，你别把人家吓着。"

夏妈妈看着关泓，想跟她说什么，但总觉得关泓身上有一种拒人于千里之外的客气，她看了看关泓纤细的手指，不由得在心里叹了口气："这样的女孩子，看看可以，要是娶回家做媳妇，夏曦不得一辈子做牛做马？"

一顿饭冷冰冰地吃完了，关泓客客气气地来，客客气气地走，你也挑不出她有什么毛病，但就是让你不舒服。

晚上，夏曦回到家，爸爸妈妈姐姐都在客厅里等他，见状，夏曦头皮一阵发麻："你们今天怎么没看电视啊？"

"等你回来问问你跟那舞蹈演员的事呢！"夏晨像吃了枪药似的气鼓鼓的。

夏曦心里"咯噔"一下，住在一起三十年，他对自己的父母和姐姐有充分的了解，看来他们对关泓很不满意。

夏爸爸清了清嗓子，尽量用柔和的语气说："儿子，你跟这位关小姐认识的时间不长吧，我知道你把她带回来吃饭意味着什么，不过，我们觉得你跟她可能不太合适。"

夏曦不开口。

"得了，别拐弯抹角了，我明说了吧，你可不能娶个祖宗回来供在家里，这么些年我们全家都是把你当祖宗一样地伺候着，怎么，你打算去伺候人家？我看你不是那棵葱。"夏晨讲话比较直接。

"夏晨，你别讲得那么难听。不过，夏曦，你姐姐话糙理不糙，你看看你到现在还是衣服换下来我不帮你洗，你能把脏的再穿上身，就你这样，娶个这种不食人间烟火的姑娘回家，你们这日子要怎么过啊？"夏妈妈叹了口气。

"关泓的生活能力很强，再说了我也愿意照顾她啊。"夏曦努力解释着。

"总之，家庭会议三票对一票，你的这个女朋友被否决了！"夏晨干脆地说着，觉得很过瘾。作为大龄未婚女青年的她，不知道为什么，看见别人卿卿我我总有点心理失衡。

杨思和关泓也在热烈地讨论着。

"我想过了，我还是要把我的重心放在事业上，毕竟跳芭蕾我跳了二十年，不可能就这么放弃了。所以我无所谓他们家的条件怎样，因为我根本没打算和他们一起生活。"

"可你现在已经是他们家的媳妇了。"

"那又怎么样，我只是跟夏曦结了婚，跟他们可以井水不犯河水。"

这一边，三堂会审中的夏曦本想说出自己和关泓已经结婚的事实，但看着一家人极力反对的架势，他还是把话咽了回去。

在他看来，这只是自己结婚，跟家里人没什么关系。

你看，他和关泓倒是不谋而合。

正在僵持中，有人敲门，是人口普查的志愿者。

这一下夏曦想瞒也瞒不住了。

夏家就像被一颗炸弹击中了一样炸开了锅。

夏曦自然是成了众矢之的，迫不得已逃回了自己的小亭子间避难。夏爸爸夏妈妈唉声叹气整夜难眠，没想到80后的儿子这么胆大妄为，居然瞒着娘老子把婚给结了。

套用说书人的话，这些可以想象得到的我们就暂且按下不表了。

关泓这里，和杨思唧唧歪歪聊了一阵子，也没什么大事，就各自睡觉去了。

第二天，《胡桃夹子》公演的名单出来，这一次，关泓终于拿到了一个角色，虽然是冰雪女王的B角，但总算不再是龙套。

好事总伴着意外。

夏晨和夏妈妈找来了。

关泓正在排练，拿到角色意味着更大运动量的训练。虽然有了角色，津贴会高一点，但对于舞蹈演员来说，上了台，钱已经不是主要问题，谁能够在舞台上最醒目，才是关键。

这是公演的第一次排练，关泓精神百倍。

忽然，一个响亮的声音劈过排练厅："姓关的，你出来跟我们讲讲清楚！"

夏妈妈连忙拉住了夏晨，这个女儿嗓门跟汽车喇叭似的，音量开足。

排练厅里的各位一起向门外看，关泓一回头，也看见了夏晨和夏妈妈。

有一秒钟，她完全没想到这两个人和自己有什么关系。昨天不过吃了一顿饭，她跟她们还完全不熟呢。

然后她忽然意识到，这两个人是来找她的。

"你说，你是用什么办法骗我弟弟跟你结婚的？你有什么企图？"夏晨见围观的人不少，更加来劲。

"夏晨，你小声一点。关小姐，你看我们是不是出去谈一下？免得影响别人工作。"夏妈妈小声地说。

关泓气不打一处来，不客气地说："你们还知道不能影响别人工作啊？我和夏曦为什么会结婚，你们去问他啊，你们认为我对夏曦能有什么企图？"

"你——"夏晨一肚子的话，被关泓三言两语就打发了，她就像一个气球，充足了气没地方出，只能一蹦三尺高。

"我告诉你，我们家绝不会接受一个跳舞的做儿媳妇，你们这种所谓搞艺术的没几个好东西，我今天带我妈来就是命令你，立刻去办离婚，不然我们跟你没完。"夏晨大声嚷嚷起来。

这几句话犯了众怒，这是什么地方，芭蕾舞团的排练大厅，哪个不是搞艺术的，给她一说，全部下锅。

"你这个人怎么这么说话啊？什么年代了，自由恋爱自由结婚，这唱的是哪一出啊？你还以为是《小二黑结婚》的年代啊？"总监觉得自己在排练厅是个领导，于是排众而出，想来镇压一下。

　　没想到夏晨一句话就把他给掀一边儿去了："你给我住嘴，娘娘腔，我们家的事，谁允许你插嘴了？我跟你说，姓关的，你别想就这么进了我们家门。"

　　关泓又气又羞，气的是夏晨实在有点无理取闹，羞的是在全团的同事面前出这么个洋相。

　　如果夏曦家是什么豪门世家，也就算了，可偏偏他们不过是弄堂里面的寻常草根，弄得好像关泓硬要攀龙附凤一样。

　　关泓恨不得立刻就把结婚证扔出来，跟夏家一刀两断。但一个能20年坚持做同一件事情的女人，是有些韧劲的，越是有障碍的事情，她越是想突破。

　　来自文琪的阻力让她接受了夏曦的求婚，来自夏曦家人的阻力，让她觉得和夏曦在一起弥足珍贵，她就是不想放手。

　　"你爱夏曦吗？"杨思问过她这个问题。

　　这一刻，关泓仿佛听见自己的心里有个声音在大声地说："是的，我爱他，这一辈子都不想跟他分开，我想这就是爱了。"

　　爱情是虚无缥缈的东西，无法具体和量化，往往就是在一个特定的时刻，她忽然意识到，他是不能失去的，然后就一辈子认了这个死理。

　　"不好意思，我只是和夏曦结婚，不是要嫁进你们家，我和夏曦结婚，跟你们有什么关系？我过我的日子，你们过你们的日子，你们只管放心，你们的生活不会跟我产生任何关系。"关泓几乎是不假思索地说。

　　"说得好！"总监响亮地声援关泓。

　　一直梦想在舞台上成为女主角的关泓，莫名地在这场闹剧中成了女一号，同事们纷纷帮着关泓指责夏晨。

　　"你弟弟喜欢人家，人家也是单身，他们要结婚，你一个做姐姐的掺和什么。"

　　"真是的，为了这个事情闹到人家单位来，我还以为是什么第三者的纠纷呢。"

"太看不起人了，跳舞的怎么啦？又不偷又不抢，有什么见不得人的？"

被围在当中的夏晨和夏妈妈傻了眼，本来她们是来兴师问罪的，没想到却成了众矢之的。夏晨也就只有三斧头的本事，几个回合下来，已经招架不住了。

夏妈妈忽然"咕咚"一声跪了下来，几乎声泪俱下："关小姐，你看你长得这么漂亮，追求你的人一定不少，我求求你，跟我们家夏曦分手吧，我就这么一个儿子，我们配不上你，求你了。"

夏妈妈的举动让所有人都安静了下来。

朗朗乾坤，现在这年月已经很少有人愿意给别人下跪了。

看着一个头发花白的憔悴老妇当众这么一跪，原来义愤填膺的人都冷静了下来，迷惘地看着眼前的状况。

关泓也吃了一惊，她没想到自己居然这么不招人待见，夏妈妈不惜下跪来恳求自己。

这是什么情况，是年代剧还是琼瑶戏啊！

关泓怒了！

她正要说点什么，忽然觉得天旋地转，就什么都不知道了。

只见人群中，一个中年女子冲了出来，"泓泓，泓泓！快点叫救护车啊！"

一团混乱。

在去医院的路上，关泓就醒了。她想起自己早饭没有吃，又大运动量地训练，所以估计是低血糖，上初中的时候来过这么一次，这是第二次。

救护车上的工作人员很风趣，对她说："人一生总要坐一次救护车的，也算一种人生体验吧。"

然后就看见了自己妈妈的脸，关切而焦急地伸了过来。

关泓吃了一惊，立刻坐了起来。

"妈，你怎么来了？"

关泓的妈妈在沈阳工作，因为是知青，所以把关泓的户口调回了上海。关泓从高中开始就在上海独立生活了，这当中见到妈妈的次数屈指可数。

见女儿好像没什么事情，关妈妈的神色立刻严厉起来。

"关泓，你怎么回事，怎么会和别人起那么大的争执？"

关泓低声地问："你都听见了？"

"听见了我还问你吗？我才到你们单位，就看见一堆人在吵架，挤进去就看见你晕倒了。现在你该跟我好好交待一下了。"关妈妈唬着脸说。

"妈，你为什么每次见到我就拉着一张脸跟我说话？我又没做错什么。"

"我就是这么张脸，你跟我讲话不也总是一副很不尊重我的样子吗？"

"好好好，我不想一见面就跟你吵架。对了，你怎么来了？"关泓坐直了。

"我办好了退休的手续，不想在沈阳住了，所以想来跟你一起住。你看，你还真是让人不放心。"

"跟我怎么住啊？这种事情你总应该先跟我商量一下吧。"

"当初你住到我肚子里不也没跟我商量吗？我想过了，跟你一起租套一室一厅，照料你的饮食起居，或者把沈阳的房子卖了，到上海来买套小房子。"

"你想也别想，上海可没有一百万以内的小房子，就我们家沈阳那套房子满打满算卖个五十万，差得远呢。租的话，总要三千左右。哪有这么多钱？"

"三千就三千，我跟你一人一半好了，我叫做没有钱，有钱的话我都出也没问题，我就你这么一个女儿，我的钱还不都是你的钱。"

这样的话关泓已经听了不下百遍了，今天她都觉得特别烦。

"大夫，我觉得我已经好了，能不能就在这里停车让我下去？"

"这可不行，都到医院门口了，你还是进去查一下，就是没什么问题查一下也比较踏实。"

正说着话，救护车已经停了下来，关泓被迎进去，抽血，做心电图，量血压，然后等结果。

正在百无聊赖的时候，夏曦赶到了。

"你怎么样？也不打个电话给我，要不是杨思通知我，我还不知道呢！"夏曦一脸焦急。

"我怎么样，问你姐姐和妈妈去啊，她们人呢？"关泓没好气地说。

"对不起对不起，我本来想找个合适的时候告诉她们，结果昨天人口普查的人上门，就露馅了。"

"关泓，这位是？"关妈妈对夏曦倒很有好感，尤其是他一脸焦急的样子，看得出对关泓是很认真的。

女儿如果在上海有一个体贴的男朋友，做妈妈的也会放心一点。

没办法，毕竟是两母女，虽然见面总会针尖对麦芒，但还是十分牵挂的。

"你好。我叫夏曦,是关泓的老公。"夏曦笑嘻嘻地说。

关妈妈震惊了:"你怎么这么随便,男朋友就是男朋友,不要随便叫老公老婆,我是关泓的妈妈。"

"妈,我真的是关泓的老公,关泓生日那天我们领了证,太匆忙了,还没见过您呢,本来打算有了假和关泓到东北去看您的。"夏曦倒是自来熟。

关妈妈一时没回过劲来,但随后她怒了:"开什么玩笑,关泓,你结了婚也不通知家里?你也太不把父母放在眼里了,你爸呢,他知不知道?"

"我还没来得及通知呢。"关泓低声地说,同时狠狠地看了夏曦一眼,这家伙,难道以为这就是合适的时间吗?

正在此时,关泓的体检报告出来了,护士笑嘻嘻地说:"恭喜你,你没什么病,就是怀孕了,有点贫血,赶快去妇产科检查吧。"

在场的三个人全都愣住了。

而夏曦家里,夏妈妈正在和夏晨商量:"怎么办?我们要不要去医院看看人家?要不是我们去吵,人家怎么会昏倒?我要怎么跟夏曦交待啊。"

夏晨满不在乎地说:"这有什么好怕的,我们又没推她又没打她,看她那弱不禁风的样子,说不定是有什么病吧。"

"唉,早知道就不去闹了,只要夏曦喜欢,大不了我去伺候他们两个好了。反正我闲在家里也没什么事情。"

"妈,你吃饱了撑的啊,为了买房子,你做了八年的钟点工,好不容易还了债歇下来,你还打算去儿子家做钟点工啊!再说了,他们要是结婚,住哪里?把新房给他们住?那我怎么办?跟你们去做拖油瓶吗?"一谈到自己的利益问题,夏晨立刻滔滔不绝起来。

"这种事情等你爸爸回来再商量,我是不做主的。"夏妈妈看着气势汹汹的女儿,嗫嚅着。

"爸爸还不是更加重男轻女?"夏晨愤愤地说,"我算是看透了,这个家早就没有我的位置了，你们就是嫌我嫁不掉！"

这时，电话响了，夏妈妈如释重负，冲过去接起电话。

"什么，关泓怀孕了？是你的？对对对，当然是你的，你们是夫妻嘛，啊？她要打掉孩子？为什么啊？好好好，我跟你爸马上就来。"

医院里，关泓母女和夏曦是两票对一票。

"不能生！我辛辛苦苦培养一个女儿，不是为了她年纪轻轻就变成家庭妇女的，我们家关泓是接受精英教育一路成长起来的，我的收入、精力都花在她身上，不能因为一个孩子而毁了。女人生孩子，什么时候都可以，但跳芭蕾，年轻就是生命！小夏啊，如果你爱她，你应该和我一样支持她的事业！"关妈妈讲得慷慨激昂，夏曦完全插不上嘴。

关泓也完全不接受现状："你看我妈，自从生了我以后，就好像充了气一样，都胖成什么样了。如果现在生了孩子，团里就不会要我了。"

"就是啊，我那时候因为和她外婆赌气，执意要生下孩子，这之后我真的是悔了一辈子。"

"再说你们家里人反对我们在一起，我可不想让他们觉得我是用孩子在威胁你跟我结婚。"关泓想了想又找了一条新的理由。

关泓母女俩第一次声气一致，像两挺机关枪一样扫射向夏曦，夏曦完全没有机会发表自己的意见。

这种场合，一般不都是丈母娘拉着造孽的男人让他负责任的吗？这两个倒好，主动要求放弃孩子。

"不不不，关小姐，我们不反对你们在一起，你能嫁到我们家是我们的福气，真的，我是一时糊涂，刚才我就后悔了，求求你，这孩子你一定要生下来啊。"夏妈妈一脸是汗，急吼拉拉地赶到了。

关泓一见到夏妈妈就有点紧张，她生怕这个看起来操劳了一辈子的老女人给她在医院里再来一跪，她连忙要求这一大群人都回到自己家里再去商量。

关泓家里的门大开着，让关泓吓了一跳，什么情况，杨思还在团里，难道遭贼了？关泓的一身冷汗立刻就下来了。

其实关泓家里也没有什么值钱的东西，家具都是房东的，也就是几件当季的新衣和皮靴值得牵挂一下。

但人就是这样，有的时候很多情绪的波动并不是因为钱的损失，而是一种本能，如果看得透彻一点，会发现，其实身外之物并不值得自己动怒、生气，甚至惊诧。

毕竟人是一，有这个一，别的零才有意义。

关泓一见门开了，立刻就要奔进去看，夏妈妈连忙扶住她："当心当心，夏曦，你进去看看，关泓，你别急。"

关泓真有点不太习惯，但心里有种弱弱的满足——原来怀孕后会被这样重视啊！

也就这么一刹那的好心情，关泓立刻就看见了房东胖胖的脸。

原来是房东在里面，关泓有点不乐意了。

虽说房子是你的，但我租着，就是我在用，总不能不打招呼就闯进来吧？而且还是在我们不在的时候自己拿钥匙开门进来的，这也太不尊重人了。

"哎呀，关小姐，我等你半天了。"

"怎么了张阿姨？我们房租才交过啊。"

"不是房租的事，是我不好意思，我这间房子卖掉了，本来想等你们租期结束之后再交房的，但是下家要生孩子，急着搬进来，没办法。"

租房子的人最怕的就是房东逼迁，关泓不知道自己最近是不是犯太岁，一波未平一波又起。

"张阿姨，那你让我一下子搬到那里去啊？"

"关小姐，我也是没办法，这样，我赔你一个月的房租。给你一个星期的时间，你赶快找房子去，其实现在这个房子的主人已经换掉了，我也无能为力。"

一旁的夏妈妈热情地说："关泓，不怕，你搬我们家去。"

房东如释重负地说："那太好了，我把钱放在这里，我先走了。"

关泓连忙拦住她，同时茫然地想了想夏家逼仄拥挤的状况："伯母，你们家已经很挤了，我和杨思两个人怎么住得进去啊？先别管这个，张阿姨，我先打个电话给杨思，我们是一起租的，我一个人做不了主。"

杨思听到这个消息后倒是很爽快："没事，我正好也要搬，你反正投奔你的夏哥哥去，我这几天就要搬到训练营去住了。"

关泓一头雾水："什么训练营啊？"

"我参加了一个电视剧的海选，已经进入了复赛，就要集中培训了，这几天你忙得很，我也没机会告诉你。你记得跟房东要一个月的赔偿哦，我不要了，都给你好了，算我庆祝你结婚封的红包。"

"那你不参加公演的排练了？"

"这一次我拿到的不过是一个普通角色，我在这边角逐的是女主角，我想试一试。"

"那你不跳舞啦？"

"也不是不跳，反正走一步是一步，我跟团里请了病假，你先别说出去哦。"

杨思语速极快，叮叮当当一口气说完就挂了电话，让关泓发了一阵子愣才回过神来。

和杨思住在一起才几个月，没想到这么快就分道扬镳了。

听杨思的语气，她倒是一点都不留恋地奔向了新生活，电视剧的女主角，这倒是关泓想也没想过的未来。

关泓的新生活呢？难道是结婚生孩子柴米油盐尿不湿吗？

这一边似乎为了证明关泓现状的尴尬，关妈妈和夏妈妈已经争执起来了。

"你先别喊我亲家，这桩婚事我还没有同意呢，我们家关泓可不能这么早结婚生孩子！她是有事业的人。"

"关泓妈，你别担心，只要关泓愿意生，我可以做牛做马，带孩子干家务都我来，只要一出月子，关泓照样跳她的舞，我们决不拦着，还会全力支持。"夏妈妈诚恳地说，这一刻让她写血书做保证都没问题，只为了留住她的孙子。

"说得容易，你们知不知道芭蕾舞演员一旦体型变形，就等于事业终结，那她前面20年不是白辛苦？再说了，孩子生下来，到最后辛苦的还不是做妈妈的？怎么脱得了干系？"

"不会不会，再说了，关妈妈，你看你们家关泓长得跟天仙似的，生出来的孩子一定可爱得不得了，你忍心让他还没生出来就冲进下水道啊？"夏妈妈拉着关妈妈的手，几乎要声泪俱下了。

"我来了，我来看看我的宝贝孙媳妇，你们谁都不许欺负她。"一个中气很足的声音忽然从空中划过，颇有点京剧的韵味。

关泓和关妈妈都迷惑了，这唱的是哪出啊，搞得跟《红楼梦》似的。

只见一位头发雪白但梳得一丝不苟的老太太在夏晨的搀扶下走了进来，实际上她腿脚灵便得很，只是像太后一样用自己的右手搭在夏晨的左手上。

夏爸爸则亦步亦趋地跟在她后面。

夏妈妈是个朴素得有点市井气的老年妇女，而眼前的这位老太太却是精致而风情的，打扮得很有三十年代的腔调，香云纱的套装，金丝边的眼镜，手心里还捏着一块真丝的绢头。

夏曦惊喜地喊起来："奶奶，你来啦！"

"我能不来吗？就你妈那两把刷子，不把人家得罪完就阿弥陀佛了。宝贝，你娶了这么个漂亮媳妇怎么不告诉奶奶？奶奶可早就准备好了见面礼啊。"

夏奶奶踱到关泓面前，伸手就捉住了关泓的左手，关泓只觉得无名指一凉，一只硕大的钻石戒指已经套了上来。

"这下好了，套住了跑不掉，就是我们夏家的人了。"

夏晨妒嫉地叫了起来："奶奶，这可是你压箱底的宝贝。"

"这算什么，虽说这是解放前你爷爷送给我的定情信物，但关泓是谁啊，是我宝贝孙媳妇，等以后我重孙子生出来，我一家一当都是他的，你们谁也别想。宝贝，你给我好好养着，替我生个大胖小子，我老奶奶什么风浪没见过？我就知道别的都是假的，自己的儿女是真的，听说你不想要这个孩子？别傻了，关泓妈妈，关泓不懂你也不懂吗？这女人生孩子能养好身体，拿掉孩子对身体可是有害无益，你还真不懂得心疼女儿。"

关妈妈被夏老太太的气势震慑住了，嗫嚅着说："我还不是怕关泓丢掉事业。"

"什么事业比生孩子重要？关泓妈妈，你别怕我们亏待关泓，儿子，把新房子的钥匙拿来。"老奶奶很有威严地命令夏爸爸。

夏爸爸连忙将一套亮闪闪的钥匙奉上。

"这是我们为夏曦准备的婚房，你们要是不放心，等孩子生出来，把名字加到房产证上。静安区隔壁普陀区的两室一厅，电梯房。别说我老太婆讲话太直，女人生孩子是为家庭做贡献，家里人也要知情识趣，该给的就要给！怎么样，做我们夏家的媳妇，这份事业也不算差吧？"

早上关泓才在手机上看见新闻，说上海的房价是静安区的均价最高，依稀记得是三万多，一套两室一厅就算七十平米，那也要二百多万！就算是隔壁的普陀区，团里面跳女一号的那位也不见得买得起呢！

环顾自己寒酸的出租屋，想起文琪家温馨的环境，关泓动摇了。

你别怪她现实，一套体面的房子是多少人一辈子的梦想，现在你不用犯罪不用出卖自己，只需要生下你和合法丈夫的爱情结晶就能得到，这种人生的选择，答案真的是不难的。

可关泓还是小小地挣扎了一下。

毕竟她的工作不同于别人，会计、护士、老师，都可以在生完孩子之后继续上岗，东家不做做西家，可是舞蹈演员一旦生了孩子之后，如果体型恢复不过来，可能真的就要退休了。

难道真的要做一辈子的家庭主妇全职太太吗？就凭夏曦有限的工资，能维持什么样的生活水准呢？

而且，别人有不如自己有，关泓从没考虑过依靠男人的收入生活。

就在关泓左右为难的时候，关泓妈妈厉声回绝了老太太的建议："不行，我们家关泓不会做你们家的生育机器，你们这不是叫我们卖孩子吗？拿房子换孙子，简直岂有此理，太看不起人了。泓泓，你听我的，这个孩子坚决不能要！"

关妈妈尖锐的态度刺伤了关泓，从小妈妈对关泓说话的方式就是这样"不不不，你听我的"，不管关泓说的是对是错，妈妈的第一反应就是这样。

看着陷入尴尬选择的自己，关泓的委屈爆发了出来。

看看人家夏曦，不仅有爸爸妈妈姐姐当成宝贝一样地捧着，把他的事情当成家里最重大的事情，就连老奶奶都能为他冲锋陷阵。

而关泓自己呢，爸爸妈妈除了对她提出各种各样的要求之外，要钱没有钱，要权没有权，就连起码的温暖而体贴的问候也欠奉。不管什么时候，他们永远一脸严肃地说你应该这样你应该那样，冰冷生硬。如果你反驳，他们会说："你懂什么，我们还不是为你好。"

关泓忽然很希望自己做一回主，所以当妈妈为她拒绝了夏家的好意之后，关泓倒找到了自己的选择。

"奶奶，您这么大年纪来看我，不管怎么样我都应该听一听您的建议，起码今天我不会马上作出决定，您让我考虑一下，好吗？反正房东也给了我一个星期的时间，那我也考虑一个星期，好吗？"

关泓的话给了夏妈妈莫大的安慰，她立刻觉得这个媳妇还真是善解人意，温柔可人，比起那个咄咄逼人的母亲来，简直不可同日而语。

老奶奶更是个人精，一眼就看出关泓的动摇以及他们母女之间的隔阂，不过人家已经80岁了，自然懂得进一步退半步的道理。

"好，这一个星期，我们正好把房子准备一下，等你搬过来。儿子，走了，让人家母女休息吧。"

呼啦啦，一家人全走了，夏曦还想留下来，也被夏晨拉走了。

接下来的一个星期，关泓感觉到了春天一般的温暖。

夏妈妈几乎每天七点就来报到，带来丰盛的早餐，伺候她吃完，然后帮她洗衣服打扫卫生。关泓去训练，她就带着一个保温桶，里面是温热的汤，默默地陪着她。

总监跟关泓开玩笑，说："怎么，你才跳一个B角，就请助理了？"

关泓笑笑："什么助理，这是我婆婆，您不认识了吗？"

团里的人都没想到一场闹剧是这样收场的。

很快地，团里的人被另一件新闻吸引了。杨思参加电视剧角色的海选进入了全国十强，电视播出了，她在网络上的知名度一下子高了起来。纸包不住火，杨思也不打算隐瞒了，因为一家知名的经纪公司和她签下了合约。

关泓因此也有收益，杨思的角色给了关泓，杨思还给关泓看了自己的演艺合约，一签就是十年。

公司给杨思配了宿舍、助理，出门还有保姆车，还发了一笔不菲的置装费。

看着杨思拎着五位数买来的手袋，一身名牌，关泓羡慕的倒不是她的钱，而是铺在她面前如花似锦的成功之路。

不久以前，她们还是同一个出租屋里的室友，如今关泓不过是个待产的女人，杨思却已经走上了红地毯。

　　两个人聊天的时候，关泓习惯性地照了照穿衣镜。

　　镜子里的关泓还看不出怀了孩子，看上去还是十分婀娜的。

　　关泓不禁同情地看了自己一眼，她看不出杨思哪里比自己更加出色，但人家的成功却是显而易见的。

　　所以她更珍惜因为杨思的离开而让她得到的那个角色，也许这是生孩子之前最后的机会了。如果一战成名，产后复出的机会可能会更大一些吧。

　　为了保住演出机会，关泓在团里刻意隐瞒自己怀孕的消息。

　　而关妈妈也让关泓感觉到了热辣辣的煎熬。

　　每天早上她准时到关泓门口报到，见面都是同样的问题——今天请假了吗？我陪你去医院。

　　关泓一肚子的不高兴："妈，你怎么好像这么乐于做一个刽子手呢？要知道我肚子里的好歹是你的外孙，而且他不是什么不光彩的私生子，是我和夏曦这对合法夫妻的合法孩子，别人都求着我留下他，你这个做外婆的倒是忍心啊。"

　　"我不管什么外孙，我只知道我就你这么一个女儿，不能让你跟我一样不明不白地就断送了一辈子。"

　　"你这是什么话，什么叫不明不白的？我知道，你一直后悔把我生下来，所以一直看不惯我，可是你不能这么说我的孩子！"

　　关泓忽然产生一股突发的母性，想保护肚子里的孩子。

　　"你知道我不是那个意思。你要是好好地恋爱结婚，我也不拦你，可你这是闪婚，和一个认识了才不到三个月的男人结婚生孩子，简直是荒唐！他以前有没有谈过恋爱？他到底爱你到什么程度？你们已经做好了当父母的准备了吗？这些我看你根本就没有考虑过！"

　　这样的问题，是个妈妈大概都要问吧，可是年轻人如果考虑这么多，还叫年轻人吗？这也许就是青春的可爱之处。

"妈，考虑那么多干什么，我愿意和夏曦结婚，也在认真考虑要不要把这个孩子生下来，可是，这不代表你可以对我指手画脚！当初你们逼我离开沈阳到上海来的时候，你们不是就已经放弃了对我的控制权了吗？你们怎么说的？'泓泓，你已经长大了，不用再依靠父母了，自己可以去闯闯了！'"

"那不是为你好吗？"

"为我好？我就带了一千块钱到上海来，顿顿吃方便面，感冒发烧了还要坚持去排练，却只能跳个跑龙套的角色。刚工作的时候付了房租就没钱买衣服鞋子，大冬天为了省点空调费坐在床上裹着电热毯取暖，这叫什么好？"

"对，就是因为你付出了这么多的努力，现在才看到一点点成绩，可你为了个孩子就放弃掉，你的理想、你的个人价值呢？难道你真的看上了他家的房子？"

"看上了怎么样，看不上又怎么样？人家妈妈每天给我端汤送水，照顾周全，你呢，只知道来跟我吵架！我是个孕妇，你还这么气我，你到底是不是我亲妈啊？"

每一天都在这样的争吵中开始，又以夏妈妈的到来结束。她总是拎着热腾腾的早饭，一脸笑容地进来，劝母女俩，然后为她们倒豆浆，盛稀饭，催她们吃："好了好了，肚子饿火气大，吃饱了就好了。"

关妈妈的态度夏妈妈熟视无睹，只要关泓一天不去医院，对她来说就是胜利。她小心呵护着关泓，但关泓也未必记得她的好。

关泓总还记得夏妈妈当众的那一跪，长这么大没人给她下过跪，而且她也深深记得夏妈妈下跪的原因，她更明白为什么现在夏妈妈会对她转变态度。

在心里，她是觉得悲凉的。

这个世界上似乎除了夏曦，每个人都把她当成了工具。

在父亲看来，她是维系婚姻的工具，小时候妈妈只要和爸爸一吵架就会说："要是没有这个孩子，我立刻跟你离婚。"

后来到她大了，只要和妈妈有点不和，妈妈就会说："我要不是为你，早就离了婚回上海了，我为你牺牲了一辈子，你还不听我的话。"

更多的时候，妈妈这样说："我这一辈子算是完了，我的希望就在你身上，你得把他们欠我的都给妈妈拿回来。"

关泓并不知道这个"他们"指的是谁，但为了让一天到晚愁眉苦脸的妈妈高兴，她拼了命地跳啊跳啊，不过妈妈似乎还总不满意。

现在，她又成了夏家的工具，他们指望着她的肚子。

也许这个世界上只有夏曦是温暖的，他只想着让关泓快乐，并没有要索取什么。看着关泓为难的样子，夏曦总是说："没关系，我们还年轻，你想要我们就生，不想要，就拿掉，到你觉得想生的时候再生好了。"

关泓问他："那我要是一辈子不生孩子呢？"

"我有你，就够了，我就怕我不能陪你到最后，如果我们有个孩子的话，你不至于那么孤单。"

也许这只是说得很漂亮的一段话而已，但一个男人能这样诚恳地对你说出这段话，已经三生有幸了吧。

现在的男人，大多会算计你挣多少钱，是否可以跟他一起还房贷；又计较你是否在人前给足他面子，让他有满足感；即使自己对父母不怎么样，还要老婆把公婆放在顶礼膜拜的位置；到了中年，还会嫌你唠叨发胖，全然不管他自己早几年就谢了顶外加将军肚。

关泓就是很吃夏曦这一套，在不断地相处中，她越来越觉得夏曦可爱。所以，每当她想好了要放弃这个孩子，就会又舍不得夏曦带来的温暖。

人生有的时候计划不如变化快，还在为生还是不生而犹豫的关泓，没等到公演就见红了。

虽说这孩子来得突然，但在他会有危险的时候，关泓的母性还是不可遏止地爆发了，之前那些要在事业上如何如何的豪言壮语，都成了浮云。

那一刻，她就想保住自己的孩子。

关妈妈歇斯底里地跟关泓大吵了一架，眼睁睁地看着关泓搬进了夏家的新房子，而她无能为力地回到了沈阳。

就这样，终于可以不再跑龙套的关泓，在临门一脚的时候，还是放弃了这个宝贵的角色，选择做一个年轻的妈妈。

不过，别以为王子和公主结了婚，就是美丽童话的结局，这段故事才刚开始而已。

Chapter 05
沙发巾风波

搬进新家的关泓，第一天起床去上厕所的时候，走过自己家的客厅，忽然觉得房子明亮宽敞。

拥有了自己的家，愿意在窗台上放一盆花，没有人会追在后面说，这些花花草草都会生虫的；也可以在阳台上放一条瑜伽垫，不会有人嫌它碍手碍脚。

最关键的是，听见门铃声，可能会是快递送来在网上买的东西，而不会是房东再来讨要房租或是逼迁。

人人都想要一个自己的家，无非就是这些好处，踏实妥贴自由。

所以，不管国家怎么打压房价，房价总是高企，因为中国十几亿人，想在城市里拥有自己房子的，没有七亿也有六亿，这么多的需求，自然购销两旺。就像超市里的大米一样，从一块涨到三块，一边骂一边买，必须的啊！

团里的同事也来参观过，现在买了新房子请同事来做客，就好像板定的一样，否则，不是有点锦衣夜行的感觉嘛。

羡慕的不在少数，年纪轻轻就在这样的地段有了属于自己的几十个平米，比在舞台上站在第一排实惠多了。

现在的人，什么都拿房子来比较，这也是没办法的，就好像遥远的年代里大家都要比出身一样，如今要看你住的是什么样的房子，有的是租约还是产证。

关泓很快就在新房子里找到了主人翁的责任感。

虽然身怀六甲，还是会每天收拾屋子，整理环境，看着窗明几净的房子，有种充实的感觉。

除了一件事情，剩下的九十九件都让关泓觉得自己的决定是正确的，而唯独这一件，让她受不了。

婆婆每天早上就来报到，她不放心夏曦，怕他没早饭吃。

就算关泓买好了牛奶、面包，她老人家还是会唠唠叨叨地说："这些冷冰冰的东西吃了不落胃，他是要在外面上一天班的人，就靠这个怎么撑得住？"

夏曦也能吃，老婆老妈两边都不得罪，一杯牛奶，几片面包，再吃下一大碗老妈牌荷包蛋青菜面，神色自若地上班去了。

等他一走，夏妈妈就叹气了："唉，你看看，他是要吃的人啊，要没有我这碗面，不到十点肚子就饿了，还不得发头昏啊。"

关泓开始还想跟她解释，之后干脆不管了，反正她也不喜欢做厨房里的家务。

可是，婆婆又管到客厅里来了。

"小关啊，我从家里拿了一条旧床单来，把沙发盖一盖吧，这皮沙发容易花，盖上了用起来放心。"

也不管关泓愿不愿意，一条烂花的旧床单就把关泓很是欣赏的奶茶色皮沙发严严实实地盖了起来。

关泓也不客气，一把就拽了下来。

"妈，这样太难看了！好像计划经济年代一样。"

夏妈妈看了看关泓，想说什么，又想了想，算了，默默地收起了床单，但那可怜巴巴的神情又让关泓受不了，好像自己虐待老人一样。

关泓心一软，松了口："算了，盖上吧，有客人来的时候一定要拿掉的！"

夏妈妈立刻把旧床单拿出来，欢天喜地地盖上了。

她是快活了，关泓却很不爽，走进来走出去，就看见一条俗气的旧床单显眼地杵在客厅最当中的位置。

晚上夏曦回来，看见沙发上盖着旧床单，有点诧异："这是什么玩意？关泓，肯定又是你这个洁癖想出来的主意吧。拿掉拿掉，沙发是给人用的，用坏就算，何必这样呢？"

关泓听了气不打一处来："我哪里洁癖了？你以为我愿意啊？这是你妈硬要盖的，我也不赞成。"

"啊？是我妈要盖的啊？她老了糊涂了，你可别惯着她，不然的话腌菜坛子咸鱼咸肉都会给你挂起来的，我可不想我们家宝宝在这种环境里长大。"夏曦一边不咸不淡地说着，一边走进浴室去洗澡。

剩下关泓一个人在厅里气得要命，早知道就不要心软了，平白无故被夏曦教育了一顿。

第二天，夏妈妈进门，发现旧床单缩在沙发的一角，她忙不迭地把它摊摊好，然后惋惜地摸了摸沙发一角上的刮痕。

这张沙发买了将近八千块钱。夏妈妈那时候做钟点工，一个小时挣十二元，这张沙发的钱她要做 667 个小时，擦地板擦窗户擦马桶，低头哈腰地做上 667 个小时啊，要不是儿子夏曦喜欢，打死她也不会买。

新房子买回来，放了三年才有钱装修，装修好以后，夏晨几次闹着要住进来，都被父母拒绝了。这房子是给儿子结婚用的，朝南的大房间给新夫妻住，老两口住朝北的小房间，等孩子出生了就帮他们带孩子，到孩子大了要自己住了，老两口再搬回去。

有能力的时候就为儿子鞠躬尽瘁，没能力了老了别给儿子添麻烦，这是夏妈妈心里盘算过很多次的自己的人生。

从夏曦大学毕业，她就盼着他结婚生孩子了，如今，这一天就要到了，怎不让她欣喜若狂呢？

夏曦小的时候从床上摔下来，左手到现在还有一个疤，夏妈妈一直很懊悔，但那时候工作忙没办法，现在她愿意把自己所有的时间，都花在孙子身上。

可是，关泓似乎并不领她的情。

旧床单盖在沙发上，实在是看不顺眼，夏曦也跟夏妈妈说了两次，但夏妈妈还是锲而不舍地把它盖回去。

夏曦上班去了，夏妈妈就来做关泓的思想工作："小关啊，我知道你嫌这床单不好看，要么这样，我让爸爸帮你们改一下，把这旧床单做成沙发套，你看怎么样？你别看你爸爸不声不响的，他可是个好裁缝，一定能让你满意的。"

关泓正在上网看着科学育儿论坛，就"哼"了一声，不置可否地说："也行，你们跟夏曦商量吧。我无所谓。"

说完以后关泓在一家网店发现外贸原单的沙发巾，很简约很漂亮，她觉得纠结了好几天的沙发套问题是时候该解决了，于是她下单买了一条，至于刚才夏妈妈说的话，她早就忘到九霄云外去了。

沙发巾第二天就送到了，快递送来的时候，关泓和夏曦去产检了，是夏妈妈签收的。

她心里也很不舒服。

这个媳妇，说是在家里保胎，但每天上网没个消停，也不知道她怎么那么多花头，三天两头有快递送来。就说那洗澡的肥皂吧，就买了七八块，花花绿绿的，闻起来倒是很香，像蛋糕一样，可不就是洗个澡嘛，这身上的皮肤，也就老公会摸一摸吧，用得着这么讲究？

夏妈妈正在琢磨着今天这一大袋是什么，夏晨来了。

关泓他们搬进新家以后，夏晨还没来过。她心里是有气的，这么好的房子，让一个不相干的女人住了进来，老妈还每天来做老保姆，这个家，重男轻女还真不是盖的。

今天是夏妈妈让夏晨来拿一批关泓不要的衣服。关泓扔到垃圾袋里，被夏妈妈捡了回来，看看都还很时髦，所以想让夏晨来挑挑看。

夏晨倒也不想要人家的旧衣服，但听说关泓不在家，她借机上门来看看。

夏晨首先打开了关泓的衣橱。

关泓是个很精细的人，衣服分门别类地挂好，还按颜色分了类，关泓偏爱蕾丝和雪纺，衣橱的衣服都有飘飘欲仙的感觉。

夏晨看了一眼，心里有些羡慕，但更多的是嫉妒："瞧瞧这小娘们，都穿点什么华而不实的衣服，整个一交际花嘛。"

夏妈妈探过头来："是啊，你看看，白衬衫就不下十件，黑毛衣更多，要靠近二十件，还在不停地买，昨天就买了两条孕妇裙。她的花样就是多，我们以前怀孕，就穿穿老公的大毛衣，也就是几个月的事情，谁还专门买衣服。这不，昨天又顺出来一堆衣服，说什么跟气质不合适了，要我扔掉，我不舍得，所以叫你来看看。"

"她的衣服我哪穿得了？你看她那腰，比我大腿粗不了多少。"

"你带回去看看再说吧。"夏妈妈把拎袋塞到夏晨的手里。

夏晨看了看，叫起来："我的妈呀，这么多衣服都不要啦？前几天你不是刚拿回去一批吗？"

"就是这么说啊，难怪她总嚷着没钱，这钱都变成衣服了。"

"等等再说，我先上个厕所，来的时候路上堵车，憋了两个小时了。"

夏晨将拎袋放在脚边，打开卫生间走了进去。

夏妈妈把拎袋拎到门口，正好听见电梯响，估计是关泓回来了，就等在门边准备帮她开门。

夏晨上完了厕所从里面出来，手里攥着块紫色的肥皂："妈，这是什么，这么香？你可别告诉我是肥皂。"

关泓正好进门，看见夏晨，吃了一惊，她挺怕这个大姑子的。关泓总觉得夏晨是颗不定时炸弹，两个人第一次见面时夏晨把筷子拍在桌上的情景还历历在目。这样的女人，已经完全丧失了性别特征了吧。

　　但夏晨手里拿着她刚买回来的薰衣草皂，她不得不搭茬："这是普罗旺斯薰衣草做的香皂，我最近睡不好，买回来安神的。"

　　"你太闲了，所以才会睡不好，像我妈这样每天忙得脚不点地，像我这样一天到晚为了工作奔波，一挨着床就睡着了，还用得着什么香皂！"夏晨很不客气。

　　关泓也不恋战，"哼"了一声，准备进自己的房间，夏妈妈喊住了她："小关，这里有你一个快递。"

　　关泓打开快递一看，是自己订的沙发巾。

　　夏妈妈还以为是床罩，也把头伸过来看看："哟，这么厚这么重，这床罩质量蛮好的。"

　　关泓得意地说："这不是床罩，是沙发巾，出口到欧洲的，颜色挺漂亮吧。"

　　夏妈妈的脸立刻沉了下来："这是盖沙发的？盖沙发的布还要去买！不是说好了让爸爸给你们做一个吗？"

　　"哎呀，我忘了，算了，别做了，这么大一条，才两百来块钱，多划算呐。妈，你帮我铺一下吧。"

　　关泓满不在乎地说完，准备去洗手，夏晨在卫生间门口拦住了她。

　　"你怎么跟我妈这么说话呢，什么叫两百来块钱？我们家可都是工薪阶层，你也不是什么千金大小姐，别这么把钱不当钱行不行？我不爱听。"

　　"我又没花你的钱。"

　　"我弟弟的钱也是辛苦钱，也不能乱花。"

　　"我花的是我自己的钱，我还没花过你们家一分钱呢。"关泓毫不示弱地说。

　　夏晨不依了："什么叫你自己的钱？且不说你嫁到我们家就是我们家的人，你的钱就是我们家的钱，就算算你现在住的这房子，你花过一分钱吗？出过一分力吗？你知道这样一套房子出租一个月要多少钱吗？你还好意思说，你没花我们家一分钱？"

关泓被噎住了，夏晨的话句句都是实情，可听着就是那么的让人不舒服。

"没话说了吧！我告诉你，结了婚做了人家老婆，就别这么大手大脚的了，你看看你，好好的衣服说不要就不要了，盖沙发的布也要花两百多块钱去买，你跟夏曦商量过吗？你又把妈的话当成了什么？我告诉你，我妈以前是做钟点工的，但在你们家可是做婆婆的，你别用对待钟点工的态度对待我妈！"夏晨气势汹汹地教训着关泓。

关泓又气又羞，也不去洗手了，推开夏晨走进自己的房间，"砰"地关上了房门。

夏晨还不依不饶地站在她门口说："你跟我摔什么门？要不是看在你怀孕的份上，我要好好给你上上课，你也就会跳个舞，我看你还得好好学学做人！"

夏妈妈急忙拉住她："好了好了，别说了，别把她气出什么好歹来我可怎么交待啊？"

夏晨不屑地说："这种女人，为了房子什么都做得出来，我看她才不会那么弱不禁风呢，还不都是你们给惯的。我们公司里面的几个女同事，怀孕九个月还在做市场调查呢，也没见着有什么问题。小孩子皮实得很，哪里是那么容易掉下来的。"

"呸呸呸，"夏妈妈不悦地说，"你跟她吵我不管，你可别把我孙子给气坏了。"

"整天孙子孙子，要是个孙女呢？"

"孙女也是姓夏的，我一样喜欢。"

"得了吧，你们对我和夏曦就不公平，要是生个孙女，我看你心里凉半截，我最好她生个女儿，好让我解解恨。"

一想到关泓今天一定被她气得不轻，夏晨就有种胜利的喜悦。

但关泓也不是那么容易服输的。

晚上夏曦回来，就看见关泓面色惨白地靠在沙发上，一桌子的菜，几乎一口也没动。

"怎么了？今天反应得这么厉害？不是已经不怎么反应了吗？"

"这个孩子我还是不想要了，我们也别住在这里了，还是搬出去自己租房子住吧。"关泓冷静地说。

夏曦吃了一惊，看关泓的样子，今天一定受了什么刺激。

"今天你姐姐说了，说我是个现实的女人，冲着你们家的房子才生这个孩子的。她都会这么说，别人一定也是这么看我的，我丢不起这个人，以后在孩子面前也抬不起头来。我想过了，这样对我对孩子都不好，所以，夏曦，我们还是靠自己的力量出去独立生活吧。"

夏曦舒了口气，又是这个夏晨，哪有事儿都少不了她。

"原来是这么回事，那我告诉你，大可不必，这房子首付是我爸妈付的，可按揭的钱都是我自己给的啊，到现在还没付清呢，跟夏晨有什么关系？我知道你是因为爱我才跟我结婚的，这就够了，管她怎么说，她要是再乱说，我们就跟她一刀两断好了。"夏曦安慰关泓。

关泓摇了摇头："不，她说的有道理，我不想要这个孩子了，你要是不同意，大不了我们离婚好了。"

关泓淡淡地说完，回到了房间里，锁上了房门。

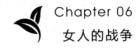

Chapter 06
女人的战争

电话铃响了。

夏爸爸正等着夏妈妈用微波炉热饭菜，听见铃响就走过去接起了电话。

"夏曦啊，关泓身体还好吧，我最近有点忙，等送完这一批版子，就去看看你们。什么！关泓又不要孩子啦？这又是怎么啦？"

夏妈妈听见这话，吓得手一抖，一碗汤差点洒了。

夏爸爸沉着脸接完电话，走到夏妈妈面前就咆哮了起来："又是你和夏晨干的好事，你们今天白天到底跟人家关泓说什么了？现在人家说了，免得别人说她贪图咱们家的房子，这个孩子她不要了，要是夏曦不肯，她连夏曦也不要了。这下你们满意了吧？"

"我，我也没说什么呀，都是夏晨说的，夏晨也不是有意的，她只是劝关泓少花点钱，不知道怎么的就讲岔了。"

"你别护短了，夏晨那脾气我还不知道？她就是看不得夏曦搬进了新房子，她也不想想她自己是什么人，我们把她养大就已经不容易了，要是她亲生父母知道她给我们添这么多乱子，还不从地底下爬出来抽她俩耳刮子。"

"你小点声，要是夏晨回来正好听到就麻烦了，我们不是说好了嘛，这一辈子都不告诉夏晨她是我们领来的，这个秘密就带到地底下去。"

"我还管她？我的亲孙子差不多就要葬送在她那张臭嘴上了。人家关泓也不容易，放弃了那么重要的演出机会为我们生孩子，人家也是有牺牲的，你们娘儿俩怎么就不知道体恤人家一点呢？现在你看怎么办？"

"那我去求求她？"

"你还要去给人家下跪啊？我也真的是前世作孽，怎么会娶了你这么个老婆，成事不足败事有余，你以为是唱戏啊？"

"那件事就不要提了，我不也是为夏曦着急嘛。"

"为夏曦着急，你就不该办那些事！今天夏晨上人家胡闹，你就该拦住她。你这个人只要被夏晨一挑唆，就昏天黑地了，一点都拎不清。"

夏妈妈急得话也说不出来，愣愣地看着夏爸爸跳脚。

"我跟你讲，以后关泓不请，你别把夏晨带他们家去。现在还只能我出马，去做做关泓的工作。你这几天好好把人看好了，别让她一个想不开又奔医院。"

夏爸爸到夏曦家的时候，夏曦正急得团团转，一看见爸爸，就好像捞到了救命稻草一样。

"爸，你看看，泓泓把自己关在房间里两个小时了，不吃不喝，她受得了孩子也受不了啊。你说我姐有神经病吧，没事上我们家发什么疯。"

"到底为个什么事呛起来的啊？"

"喏，不就是为了块沙发巾嘛，是我不愿意家里搞得乱七八糟，所以妈带来的旧床单我不愿意盖，泓泓好心去买了一条来，结果被我姐抓住机会好好训了一顿，你说说看，她管得还真够宽的。"

"真是屁大点事，你看看这女人多了就出问题。夏晨吧，我真不好说她，看起来邋里邋遢完全没个女人的样子，可挑起事儿来十个老阿姨都比不上她。"

夏爸爸故意大声说着，希望房间里的关泓能听得清楚，然后他小心翼翼敲了敲卧室的门，里面一点动静也没有，静得人心里发毛。

夏爸爸日常相处的女人主要是夏晨和夏妈妈，那都是极其外向一点就炸的极品，遇上关泓这样不声不响的，他也无法下手。

"小关啊，我听说了今天白天的事情，是夏晨太不懂事了，说出了那么伤人的话。我知道，你自尊心强，受不了这样的气，她没水平，所以我代她来道歉，你看可以吗？"

关泓在里面淡淡地说："爸爸，这不敢当，你是我的长辈，我只是觉得生孩子是大事，我需要好好考虑一下。"

"对对对，是该考虑，你看这样好不好，我有个建议，现在你还是行动自如的，我让你妈每天把饭菜准备好以后就走，免得她不会说话惹你生气。夏晨呢，我不许她再上你这里来，好不好？你安心养胎，别跟他们一般见识。"

关泓沉默了半晌，轻轻地说："爸爸，你跟夏曦都对我不错，你们都想要这个孩子，我会考虑的。不过今天，我没办法回答你，你请回吧。"

关泓毫不客气地给夏爸爸下了逐客令，夏爸爸叹了口气，只能讪讪地离开了。

离开夏曦家，夏爸爸去了夏奶奶那里。

奶奶正一个人看着电视，无聊得很，见儿子来了，喜出望外。

夏爸爸坐下来就长长地叹了一口气："妈，我真的很后悔，当初为了回城，和她结了婚，这一辈子，我真的是悔死了。"

"又怎么了？你那个老婆又怎么给你丢人了？"

夏爸爸把今天的事情原原本本给夏奶奶讲了一遍。

夏奶奶一拍桌子："这个夏晨，真是个祸害，当初你老婆要把她带回来养的时候我就说了，她妈不是个好女人，爸爸又是那么个德行，这孩子种有问题，别把我们夏曦带坏了。你看怎么着，果然吧，一天到晚惹是生非。"

"现在讲这些也没用，儿媳妇娶进门还没几天，就闹成这样，我真的觉得心灰意冷，早点跟她离了一个人带着夏曦过，也就算了。"

"别说那些没用的，到这个年纪，离了你上哪里再找个能伺候你的人去？当务之急是把关泓稳住，千万留住肚子里的孩子。我看关泓那孩子也不是不讲道理的，今天不过是要个面子，咱们家给足她面子也就是了。"

夏奶奶和夏爸爸谋划着合适的时候去看看关泓，安慰她几句，没想到的是，夏曦那边峰回路转。

一大早，夏曦发现关泓不在家，立刻打电话给她，关泓关机了。

夏曦打电话回家汇报："妈，不好，关泓肯定是去医院了！"

根据关泓追求完美和专业的性格，夏曦分析她一定是去了最专业的市妇幼保健院。

夏家一家三口分成两批急匆匆打了车。

关泓到哪里去了呢？

夏曦对她的确是了解的，她正在前往市妇幼保健院的路上。不过，夏曦猜不到的是，关妈妈此时正坐在关泓的身边。

别看母女俩吵起来好像随时可以反目成仇，但一听到夏晨和夏妈妈对关泓说的那些话，关妈妈就坐不住了，颇有行动力的她立刻赶来，要押送关泓去医院拿掉孩子。

关妈妈的思想还是很时尚的，结婚离婚没什么，不结婚也没关系，反正很多芭蕾舞演员都和舞蹈结了婚。但带着孩子离婚就有问题了，孩子没爹没妈都不行，就那么凑合着过，一辈子也完了。所以，她理所当然地认为，既然两个人处不来，趁着孩子还没降生，趁早了断。

关泓本来只是拿一拿夏曦，如今在妈妈的押解下直奔医院，心里其实是很茫然的，她知道妈妈说的有一定的道理，自己和夏曦的结合的确仓促了一些，孩子来得更是突然。

但，真的就这么了断吗？为什么心里却如此地恋恋不舍呢？

不过，这时的关妈妈一点也没注意到关泓的心理活动，正兀自滔滔不绝地教训着关泓。

关妈妈给关泓交待做小月子的注意事项，出租车司机也听得饶有兴趣。关泓觉得妈妈没必要在这种场合说她的隐私，两人吵了起来。

这母女两个，只要在一起，几乎就没有一天消停的，但越是这样，关泓倒又觉得拿掉孩子是对的，因为和母亲的关系如此糟糕，她对生儿育女的这种血缘传承真的烦透了。

母女俩气呼呼地下了车，一挂号，已经是 30 多号了，大厅里全是人，都是等着做产检的孕妇。关泓受不了浑浊的空气，走到外面来等。

等着等着，关泓又犹豫了起来。

和夏曦平和快乐的生活虽然短暂，但却让她留恋，今天一旦拿掉了这个孩子，可能从此两人就成了陌路。

并且，关泓对肚子里的孩子也已经有了十分具体的体会。

所以，她来回地走着，期待命运自己来选择。

正在她举棋不定的时候，夏曦终于找到了关泓，夏妈妈和夏爸爸也赶到了。

关妈妈出来找关泓，一见夏家的人围住了关泓，忙不迭上前拉出了女儿，护在自己身边，生怕关泓改变主意。

关妈妈说起了她的道理："我们家本来就不同意关泓生下这个孩子，但她想要，我做妈妈的自然是顺着她的。可你们家，居然以为她是为了房子才决定生下这个孩子，你们也太会冤枉人了，既然是这样，我们不生了！这个婚也就离了算了，我们高攀不起！"

夏爸爸连忙打招呼："是我们家夏晨不对，可她真的是不相干的。"

关妈妈气呼呼地说："怎么不相干，她不是你们夏家的女儿啊？"

夏妈妈苦苦哀求："真的，你们千万别把她的话当回事。咱们先回去，坐下来好好谈，毕竟这也是一条命，不能这么草率。"

夏曦也搂住关泓，好言相劝："生孩子是咱们两个人的事情，何必管别人怎么说，只要我知道你，对不对？"

关泓被夏曦搂在怀里，心立刻就软了，忍不住点了点头："是的，我知道你说得有道理，要不是冲着你，当初我就把孩子拿掉了。"

为什么要离开家来妇幼保健院呢？关泓在瞬间忽然明白了自己做这件事的目的，她的自尊心受了伤害，所以她要让夏家好好补偿。

关妈妈连忙拦住关泓，这孩子生出来可就缩不回去了，到时候后悔来不及。

而夏妈妈见关泓有点松动，喜出望外，连忙打包票："泓泓，你什么都不用担心，这孩子只要生下来，别的都交给我们，一年以后，你照样去干你的事业，我全力支持。"

不过关泓也不含糊："好啊，既然你们要我生，那我们签个协议，写清楚大家的责任和义务，以后白纸黑字，拿出来有个保障！省得别人说三道四。"

这是关泓急就章想出来的办法，咄咄逼人的妈妈自然得罪不起，但就这么轻描淡写地回去，岂不是白闹了一场？所以，她灵机一动，想到了签一份生子协议的办法。

一方面，是对夏家有个约束；另一方面，也让自己的父母放心。

这一招，倒是谁也没想到。但仔细考虑后，大家又都觉得还是个不错的解决之道。

就这样，一份奇特的生子协议诞生了，爷爷奶奶总算保住了还在媳妇肚子里的小孙子。协议约定，母亲关泓只管生育，孩子出生后的衣食住行照料开销由爷爷奶奶包办，出力出钱，爷爷奶奶还必须跟过来 24 小时照顾，等等等等。

条款由关泓一条条拟定，关妈妈认真推敲，在夏爸爸的斡旋下，夏家全盘接受。

将这份白纸黑字的协议拿在手上，关泓觉得这才踏实：是你们求我生，我才生下这个孩子，不是我为了房子硬要生下这个孩子，日后夏晨再说，就把她父母写下的这张协议贴在她的脑门上请她看看清楚。

这个家，从此轮不到她夏晨来耀武扬威了。

回到家，爷爷把夏晨好一阵训斥，要不是她这么冒失，哪会有今天这一场风波？

可夏晨却不买账，尤其听说爸妈和关泓签了生子协议，觉得荒唐至极，但父亲一味维护关泓的态度也让夏晨寒心，所以，她气恨恨地表示，从此不再管家里的事情。

可是好景不长，夏妈妈和关泓又起了矛盾。

关泓觉得自己的脸圆了一圈，她开始拒绝吃夏妈妈做的补品和荤汤，主食也吃得很少，产检的时候，医生发现孩子长得比较慢。

产检回来以后，夏曦倒是没说什么，夏妈妈心疼肚子里的孙子，又不合时宜地发话了："小关啊，你知不知道，我不是做给你吃的，只是借你的嘴给我孙子吃，你说说看，你这个当妈的，怎么忍心这么饿他？你现在要吃两个人的量，你知道吗？"

关泓一听这话，心理阴影又上来了。

果然啊，这个老女人，看起来对我照顾得无微不至，说到底还是为了自己的孙子，孩子生下来以后她还不知道怎么跟我秋后算账呢！

所以她很客气地对夏妈妈说："妈，这你不用担心，孩子是我的，我会对他负责任，你要是忙，以后就不用来了，我自己照顾得了我自己。"

这是一个十分明白不过的逐客令，夏妈妈再不明白也听明白了。

回到家，夏妈妈就和夏爸爸抱怨上了："你别看她闷声不响的，也不是那么好相处的，我不过是希望她多吃一点，你看看她，就这么明摆着撵我走。"

夏爸爸气不打一处来："还不是你自找的，你说的那种话人家怎么听得下去？你就不能只去干活不说话啊？不说话没人当你是哑巴。"

见老公总是袒护儿媳妇，夏妈妈也不乐意了："我说的不是大实话吗？要不是为了她肚子里的孩子，你以为我愿意去伺候她啊？要不是因为她有了，我根本连门都不想给她进！"

"得了得了，别说了，就你那点本事，只要你儿子跟你一闹，你还不是举双手投降？将心比心，人家也是爹生娘养的，你们凭什么对人家挑鼻子挑眼的？女人生孩子，是鬼门关上走一遭，你自己也是女人，就不能对她温柔体贴一点？气坏了她，也气坏了你孙子，这笔账你算不过来啊？"

"行行行，这样好了，以后我把饭菜准备好，你给他们送去，我不上门总可以了吧？"

"你看你，一说你马上就撂挑子，我就一句话，你把自己当成钟点工，只干活不说话不行吗？以前你不是干得很好嘛。"

夏妈妈怒了："我就知道说到底你还是看不起我，我没文化，是个做钟点工的，你看不上，你心心念念就想着那个姓林的，你们这一家子，我都不伺候了。"

夏爸爸也怒了："说你的事，你没有一次虚心的，你扯她干什么，为了这个家，我不是早就不跟她来往了吗？你这个人，就是修养太差！"

就这样，一件小小的事情，引发了激烈的家庭矛盾。一个孩子的降生，会带来无数这样的小事情，争吵和好又争吵，但孩子的存在，让大家无法拆档，只能在争吵中这样一天天一年年地折腾下去。

冰箱里的剩菜吃完了，夏曦就打电话来了，夏妈妈也早就消了气，屁颠屁颠地带着鸡鸭鱼肉扑到儿子家去了。

夏晨生了气搬去奶奶家住了一阵子，忽然又满面春风地回了家。原来她处了一个男朋友，是外地来上海的小白领，还在上着研究生，据说两人很谈得来，但唯一的问题就是对方买不起房子，结婚有点问题。

"等夏曦孩子生出来，我们搬过去，你们就在这间老房子里结婚。"夏爸爸心情也很好，随口就许了诺。

夏晨立刻眉开眼笑："爸，你真是开通。"

夏妈妈也很高兴，儿子要当爸爸了，女儿也找到了结婚的对象，老话说什么来着，好事成双，果然是双喜临门啊！

　　虽然关泓和夏家签下了生子协议，但关妈妈心里还是不怎么认同的。只是，既然连协议都签了，那生养孩子的事情可都是婆家的事了，于是关妈妈自觉没什么立场住在女儿家，所以又气呼呼地回了东北。

　　日子过得很快，眼看关泓就要临产了，最近的报纸电视，都在谈剩女问题，那么优秀的女孩子都找不到对象，关泓能在上海一举找到个家世清白又有房子的老公，倒让关妈妈成了众人羡慕的对象。

　　"你们家女儿还真是有本事，不仅自己在上海站住了脚，还找到个这么好的老公，你们也快到上海去了吧？"邻居张阿姨跟关泓妈聊天的时候这样说。

　　"她生孩子，我去干吗？"关妈妈淡淡地说。

　　"怎么能不去呢？女儿生孩子你这个做外婆的不去谁去啊？你不知道婆婆和媳妇是天生处不好的？你打算让你女儿在月子里受婆婆的气啊？再说了她爱吃什么，想要什么，跟婆婆怎么说？还不都得告诉你？"张阿姨说得义正辞严，让关泓妈倒是不得不重视起来。

　　"生了孩子不是都应该奶奶带的吗？"关妈妈忍住了没说出他们签的那一份生子协议。

　　"哪有什么应该不应该？你就这么一个孩子，千辛万苦带大了，到她生孩子的时候，你还不得鞠躬尽瘁？我看你一天到晚就在街道老年模特队混日子，有什么意思，含饴弄孙才是天伦之乐啊！"

"可他们家那房子是婆家买的，我们又没地方住。"

"唉哟，你这是说的什么外国话啊，你们家如花似玉的一个女儿嫁到他们家，又给他们添个孙，你这个做丈母娘的还主动愿意去照顾外孙，他们送你一套房也应该。何况你还只是帮忙带孩子的时候住住，又不是要他们的，你啊，面皮这么薄，以后孩子只知道奶奶不知道外婆，我看你哭去吧。"

"我才无所谓呢。"

关妈妈说是这么说，回家以后就跟关泓爸嘀咕上了："你看我要不要去看看关泓？他们家反正是两室一厅，也好住，我去照顾她坐月子，照理也应该啊。"

"是没什么不应该的，可是我怎么办啊？你不能只要女儿就不管老公啊！再说了，你们不是签过协议的嘛，这孩子他们夏家全包。"关泓爸一边看着电视，一边说。

"协议写了他们要出力，又没规定说我不能去，再说了你这么大个人，自力更生呗。你不是说我在家只会找你的麻烦嘛。"

"呵呵，你还别得意，你要是不在，我这小日子还不知道多滋润呢，想喝酒喝酒，想钓鱼钓鱼。"

所以，关泓妈给关泓打了个电话，告诉她自己要来照顾她坐月子。

关泓正愁着孩子出生后要24小时都和婆婆住在一起，不知道该怎么相处，尤其在吃的问题上，少不了要冲突，都说坐月子不能生气，气坏了是一辈子的事情，她不禁感到担忧。现在听说妈妈要来，有点喜出望外，这下问题解决了。

她跟夏曦一说，夏曦也无所谓，丈母娘来了，多一个人照顾孩子，挺好，他也没想那么多，就答应了。

那几天夏曦正好很忙，这件事情也忘了告诉自己的父母，所以，当关泓妈带着行李出现在夏曦家门口的时候，夏妈妈着实吃了一惊。

"关泓妈妈，你怎么来了？"

关泓妈妈一听这话有点不高兴了，听这意思不欢迎我来啊。

"哦，我来看看关泓，这段时间多亏你照顾她。"关妈妈放下手里的行李，正要坐下来。

关泓从屋里出来了，喊了一声："等一下，妈，你刚从火车上下来，去洗个澡换换衣服吧，现在外面正流行甲流，医生说孕妇要是感染了，孩子就保不住了。"

夏妈妈一听这会危害到自己孙子，连忙帮腔："对对对，先去洗洗，还没吃吧，我给你下碗面去。"

关泓忙不迭地吩咐夏妈妈："用消毒湿巾把旅行包擦擦收到北边房间去，明天早上搁阳台上大太阳晒晒，杀杀细菌。"

关妈妈一下子没适应关泓的阵仗："你这是什么花样啊？"

"我在专家的书上看了，人家日本人家里有了孩子，大人从外面回来在门口就把外衣换了，然后洗手漱口，免得把病菌传染给孩子。妈，你不知道吧，对大人没什么杀伤力的细菌对于孩子来说是致命的。"

"可这孩子不还没出生吗？"

"好习惯越早培养越好，虽说大人麻烦一点，可不是为了孩子好嘛。"关泓引经据典说得头头是道。

"哦哟，这哪里还是一户人家，简直就是医院的隔离室嘛。泓泓，你也别太紧张，孩子嘛，见风长，没那么娇贵。"

夏妈妈忍不住插嘴了："亲家母，年代不一样了，现在的孩子哪家不娇贵啊？我原先也不习惯，可是现在为了孙子，我是坚决执行，现在从外面进门不换衣服不洗手，我还不习惯呢。"

给女儿说两句已经不怎么高兴的关妈妈，被亲家一说，更加受刺激了。

"早知道你们已经配合得这么好，我就不用来了，还真是多余！"关妈妈有点不忿地说。

"好了好了，才来就别说这种不开心的气话了，这么冷的天，洗个热水澡只会舒服，我腰酸了，我去靠会儿。"关泓有点不耐烦，这个老妈，总是这样，你叫她往东，她一定往西，一把年纪了，逆反心理还是厉害得很。

关妈妈洗了澡，按照关泓的要求换上了新的家居服，倒也觉得神清气爽。餐桌上夏妈妈为她准备了一碗咸菜肉丝面，热腾腾的，关妈妈坐下来一边吃一边打量关泓。关泓正斜靠在单人扶手椅上看电视。

"你也别一天到晚挺在这里，要多走走，这样到时候好生！"关妈妈拉着脸，教育关泓。

"我无所谓，反正约好了剖腹产。"关泓懒洋洋地说。

"什么，剖腹产？现在的医生就知道赚钱，为什么你要剖腹产？"

"跟医生有啥关系啦，是我自己要剖的，我怕顺产，太疼了。"

"傻吧你，剖腹产才疼呢，那么大一个刀口，恢复起来多慢呐？再说了，剖腹产对孩子不好，好像会得什么感觉系统方面的病，我还想她以后跳芭蕾舞呢。"

"我才不会让我的孩子走我的老路呢，跳舞有什么好，那么辛苦，我受过的罪不会让我的孩子再受了！我不能让他像我一样地长大！"关泓愤愤地说。

"什么叫辛苦？受罪？你不是最喜欢跳舞的吗？"

"喜欢跳舞的是你，为了你的梦想，我已经赔上了我的一辈子，我的孩子你就别操心了，他想干什么就干什么，我不限制他！"

"呵呵，我的梦想？你别把你的失败赖在我身上，要不是你自己喜欢，我干吗花这么大精力培养你？你随便上个别的专业，学费低，就业还容易。你看你堂姐，学个会计，嫁个老公是精算师，连房子都给她爸妈买起来了，我们这种父母，对你真的是什么都不图了，你还不知足。"关妈妈把筷子往桌上一拍，数落起关泓来。

关泓最烦人家拍桌子，如今挺着大肚子正是被夏曦和夏妈妈捧着护着的状态，看见关妈妈把筷子一拍，心头火起，人家都知道体贴我，唯独我自己的亲妈，倒是一点不体贴，之前是一天也没来照顾，现在好不容易来了，刚坐下来就跟我拍桌子，这种父母还有什么指望。

关泓心里这样想着，嘴里没说什么，只是冷冷地"哼"了一声。

关妈妈也不省事，立刻捕捉到这个细节："你哼什么哼，觉得我说得不对吗？你以为我容易吗？这一辈子要不是为了你我早就跟你爸离了婚搬回上海来了。"

"现在你不是搬到上海来了吗？"关泓不买账地说。

"要不是为了照顾你坐月子，我才不来呢，过这种寄人篱下的生活，事事看人脸色，你以为我愿意啊！"

"谁给你看脸色，倒是你一进门就作威作福到现在了，唯恐别人不知道你是我妈，我搞不懂了，你到底是来照顾我还是成心来气我？"关泓也气了。

"好，你看不惯我，我明天就走，到时候你不要哭着来求我！"

关妈妈和关泓每次见面都是如此剑拔弩张，母女俩都觉得自己委屈，谁也不肯退让，句句紧逼，寸土不让。

夏妈妈听见客厅里两个人讲话的声音越来越响，担心关泓气坏了，影响她肚子里的孩子，连忙从厨房里跑出来。

"好了好了，亲母女，何必呢，关泓妈，你坐了这么长时间的火车，一定累了，去房间里躺一下吧。"

关妈妈兀自愤愤地抱怨："我这么辛苦为了谁？还不是心疼她，早知道热脸贴冷屁股，我还不如不来呢！"

关泓正要接茬，夏曦开门进来了，打断了两个人的对峙。

这么一打岔，母女俩的争执总算结束了，夏曦进屋去换衣服，关泓也气呼呼地跟了进去。

"怎么啦，面色不善啊，是东太后还是西太后惹你生气了？"夏曦轻声地与关泓调笑。

关泓长舒了一口气："唉，哪个都不省事。看样子我妈对我剖腹产的决定很有意见。不过我也习惯了，反正她不跟我对着干她还就真不是我妈了。"

"别这么说，就冲她大老远地来看你，就说明你们母女连心。"

"我也真的搞不懂，你要说我妈不爱我吧，那她为了我还真什么都干得出来，可是你要说她爱我吧，她怎么就不好好理解理解我呢？"

"得了，这世界上能理解孩子的父母有几个啊？"

"我就是一个，以后我们的孩子生出来，我一定不给他受委屈。"

"呵呵，你再怎么对他，他也总有不满足的地方。我看你啊，是快要临产了有点过分紧张，放松放松，这是最好的胎教。"夏曦为关泓按摩着头皮。

关泓忽然把头一侧，问："你回来手洗了吗？就在我头上摸？"

夏曦做了个鬼脸，笑着说："用消毒洗手液洗过了，我这个同学是最服关老师管教的，你表扬表扬我？"

果不出关泓所料，关泓妈被夏妈妈劝进房间后，头刚一挨枕头又弹了起来，她走出房间看了看，夏妈妈在厨房，连忙跟了进去。

"夏曦妈，关泓打算剖腹产跟你们商量过吗？"

夏曦妈正在专心洗菜，冷不丁后面有人跟她说话，吓了一跳，回头见是关泓妈，连忙补上一个笑脸，回答说："我们也不懂，反正他们打算剖就剖，据说这样比较安全。"

"有什么安全的，女人生孩子，还不是不用学就会的？有什么不安全？但是剖腹产好歹是个手术，恢复又慢，很不好的，最最关键的是对孩子不好，我听说孩子一定要从产道里分娩出来才好，剖出来的总会欠点天数，肚子里长一天胜过在外面长一个月呢！"

关妈妈煞有介事地说，看她那么专业的样子，不由得夏妈妈不相信，只要是关于孩子的，夏妈妈都听得进。

"什么，对孩子不好？那还是不要剖了，现在还好改哇？"

"有什么不能改的，剖不剖医生到最后还是要听产妇自己的，关键是我们要跟关泓好好谈谈要她同意才行。"

听说要跟关泓谈谈，夏妈妈胆怯了。几乎每天她出门的时候，夏爸爸都要关照她："别乱说话，关泓就要临产了，别把她气出什么意外来。"

刚刚关泓和她妈妈大吵，已经把夏妈妈吓得半死，生怕出什么问题，现在见关泓妈还要再去跟关泓谈，她可不敢担这个责任，但又生怕影响了孩子，真把这个勤劳朴实的老太太给为难坏了。

"要么这样，你回去跟你们家老头子商量一下，明天我们几个大人跟他们谈谈，这两个人自己还是孩子，他们懂什么！"关泓妈见夏妈妈畏畏缩缩的样子，骨子里有点瞧不起她，听说以前是做钟点工的，看起来就没什么水平，这种大事还真靠她不住。

夏妈妈舒了一口气，又不放心地确定一下："那你今天别再跟小关谈了吧，我看等我跟老夏商量好了，我们再说，这样比较好。小关讲话比较直，我怕……"

"没事，我们两母女平时就是这样的，亲生无怨，这孩子从小跟我就是这样，犟头倔脑的，就是不听话。"关妈妈自我解嘲。

可是，夏妈妈的担心是不无道理的，没等到第二天，当晚关泓就肚子疼了，坐着救护车进了医院，助产士一查，就快生了，夜里医院不给做剖腹产的手术，只能等到天亮再说。

这下把关泓给吓坏了，她倒是愿意等，可孩子等得了吗？

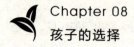

Chapter 08
孩子的选择

舞台上没有跳过主角的关泓,在自己的故事里,是注定要引人注目的。

到了医院,看看拥挤的病房,关泓心里发毛。

隔壁床是个等了一天还没生下来的产妇,看见关泓进来,她还热情地跟关泓聊天。

"我也是夜里肚子疼的,一进来他们也说我就要生了,结果我已经等了 30 个小时了,肚皮痛是痛得来,不过我坚决不剖,也不打催产素,这种事情要顺其自然瓜熟蒂落才行的,痛,就当被敌人捉住了严刑拷打好了。"

她的床头还放着一本《风声》,敢情是谍战小说的拥趸。

关泓本来就吓得手脚发软,这会儿听她这么一说,一身虚汗刷地就下来了。

肚子一阵疼似一阵,刚刚忍住,觉得不疼了,轻松了,可是下一阵更痛的又来了。

到底什么时候才会是最疼的呢?

衣服全汗湿了,连头发都像水里捞出来的一样。

没有生过孩子的人,无法体会那种无助的感觉,这个时候只要看见一个穿白大褂的,就会充满希望地问她:"医生,我到底还要等到什么时候啊?"

其实这种事情,助产士也讲不准的,唯一有发言权的是肚子里正在努力的那个毛毛头,看他什么时候铆足了劲往外爬。

此时的关泓已经没有精力再和她妈妈争论是剖腹产还是顺产了，医院此时无法进行剖腹产手术，孩子是不是会在能动手术前自己生出来，谁也不知道。

对关泓来说，这是一个漫长的夜晚。

躺在产床上，她充满了对母亲的怨恨，如果不是她黄昏的时候跟自己吵那么一场，可能孩子也不会提前降生吧？照古人说，这就是动了胎气。

现在，躺在医院里，却只能茫茫然地等待着。身边还躺着一个精力旺盛的战友，不断分享从网上看来的各种经验。

关泓很希望邻床的女子可以好好休息一下，起码给自己一点安静的空间好打起精神来忍受身体上的痛苦，可惜邻床的女子却完全没有领会到关泓的意思，兀自喋喋不休地讲着。

睡了大半夜，关泓发现自己想上厕所了，她正想下床，邻床的女子叫了起来："诶，你不能动，打铃叫护士。"

这个晚上，待产的孕妇大概不少，护士忙得脚不点地的样子，风风火火地跑过来问："怎么了？"

"她要上厕所。"邻床熟门熟路地跟护士打招呼。

"哦，我拿个便盆给你。"

护士将一个白色的搪瓷便盆塞到关泓身下，关泓只觉得肚子胀痛无比，却撒不出尿来。

邻床倒很热心，还帮关泓吹起了口哨。

关泓真是完全对自己丧失了信心，充盈的膀胱压迫子宫，阵痛变得更加难以忍耐。这时关泓想起上学的时候听说过的一个故事，说有一个女人生孩子的时候胀破了膀胱，后半辈子浑身都是一股尿骚味。

难道就是在这种情况下胀破膀胱的吗？

关泓越想越绝望，一直忍住没有叫喊的她，终于绝望地抽泣起来。

护士又来了，她看了一眼关泓满脸的汗水和泪痕，惊讶地说："好好的你哭什么？哪里不舒服吗？"

"我实在是尿不出来。"关泓觉得自己好像是个幼儿园里的小孩，正在向保育员阿姨求助。这种时候随便你是明星也好美人也罢，那些浮云都散去了，你就是个无助的产妇，助产士就是你的救命稻草。

护士摸了一下关泓的肚子，点了点头："嗯，是憋得厉害，估计你不习惯躺在床上小便，没关系，我想办法扶你去厕所。你坐起来试试。"

这一刻，关泓觉得这个护士简直就是天使，又温柔又美丽。

坐在马桶上，护士帮她把水龙头打开，淡淡地说："你别着急，慢慢来。"

关泓第一次觉得小便是这么严峻的事情，她尽量深呼吸放松自己，在心里不停地安慰自己："没事没事没事。"

终于，她感觉到了一股热流冲出了体外。下腹一阵轻松。

没想到就这么简单的动作也能让人找到自信，身体感觉到一点轻松之后，关泓再次打起了精神，开始和阵痛做斗争。

这个时候支撑着她的是墙上的时钟，医生和麻醉师八点来上班，然后就可以进行剖腹产手术了，也就是说只要坚持到八点，所有的痛苦就可以烟消云散，关泓这样鼓励着自己。

阵痛越来越密，关泓忍不住呻吟起来。

虽然护士要她抓紧时间睡上一觉，好保持体力，但她却没有办法在这样的剧痛中入睡。

病房外的天空渐渐亮起来，不知不觉新的一天来临了。

关泓看着淡蓝色美丽的晨曦，忽然意识到，夏家两个孩子的名字，就是晨和曦，原来，在他们降生的时候，父母是把他们想象得如此美好的啊。

可惜，夏晨和夏曦却相差甚远。

一个粗鲁暴躁，一个温和斯文，同样的生长环境，长出两朵不同的花。

如果知道夏晨只是夏家的养女，也许关泓会感慨基因的神秘吧。

　　不过，此时的关泓还完全不知道这个秘密。她还在担心，孩子生出来会不会像夏晨，然后又安慰自己——能顺利生出来就好，管他像谁。

　　一看时钟已经到五点了，关泓松了口气，快了，还有三个小时。

　　就在关泓舒了一口气，准备合一下眼的时候，忽然她感觉到下腹一阵更强烈的下坠感，让她忍不住叫了起来。

　　这是怎么了？好像有什么东西要从肚子里冲出来一样，母亲的天性让关泓意识到，孩子在发动了！

　　她连忙按铃，护士施施然地走了进来，关泓弱弱地说："我好像要生了。"

　　护士检查了一下，终于恩赐一样地点了点头说："是的，就要生了，看来你没法等医生来手术了，我给你叫助产士来吧。"

　　关泓在心里欢呼了一声，终于要从这场痛苦的煎熬中解脱了吧！

　　邻床的女人羡慕地说："没想到你进行得这么快啊！"

　　关泓冲她笑了笑，算是安慰。

　　经过这样的等待，她觉得邻床的女子还真的是乐观又可爱的人，能撑上三十几个小时还这么神采奕奕。

　　推进产房，关泓以为苦难已经到头了，没想到其实让她筋疲力尽的产程还仅仅是开始。

　　助产士更像一个舞蹈课上的指导老师，将关泓的两条腿分开，摆好待产的姿势，然后就开始交给关泓生孩子的要领。对于身为芭蕾舞演员的关泓来说，很快就明白了用力的诀窍，然后她以为只要用几次力，肚子里那个正在努力向外爬的小朋友就会呱呱坠地了。

　　让她没有想到的是，无论她怎么用力，始终没有听见让她期待的那一声大哭。

　　难道出了什么问题吗？

　　关泓觉得自己全身的力气都要用尽了，她绝望地问助产士："到底要到什么时候才算生好啊？是不是生不出来了？求求你，给我想点什么办法吧。"

助产士回答她："快了，我已经看见孩子的头发了，有五分钱硬币那么大，很快就要出来了！"

听见助产士的回答，关泓这才知道，原来前面的等待与煎熬仅仅是待产，所谓的生孩子，其实这时才是刚开始。

现在的疼痛感已经不那么明显了，取而代之的是十分沉重的下坠感和酸痛感，更让关泓觉得无助的是，她觉得自己要大便了。

在这种时候，总不能停下来说，孩子，等一等我要大便吧？

于是，关泓经历了很多产妇都会经历的过程，助产士很有经验地跟她说："如果你有想大便的感觉，就用力地把它大出来，不要忍。"

关泓如蒙大赦，但还是犹豫了一下，多年来的教育让她没办法在这种状态下大便。可孩子的节奏是关泓无法遏止的，虽然疼痛已经变得麻木，但她还是明显地感觉到，自己大便了，紧接着又一阵剧烈的冲击感，让她不得不用尽全身的力气将腹部所有的存在都向外推。

可是，还是欠缺一点。

助产士说："看来，我不得不帮你剪一下了。"

关泓没听明白："剪一下？"

"对，不剪开孩子出不来。"

"剪开就出来了吗？"

"对。"

这种时候只要是可以马上结束这个过程的建议，几乎人人都会接受。

关泓的产道已经麻木，所以几乎只是感觉到一凉，所谓的"剪开"就结束了。

关泓乐观地想："嗯，好像还可以忍受。"

然后一阵无法形容的坠痛感和冲击感涌了过来，在这一瞬间，关泓也配合着涨潮一样的痛苦用尽了全身的力气向外推，她觉得自己就要昏厥了，能用的力气都用上了，连呼吸都停下来，让位给这全力的一推。

助产士愉快地说：“好，出来了。”

虽然是凉爽的清晨，但年轻的助产士还是出了一身汗，而关泓则早就湿透了。

孩子终于离开了妈妈的身体，响亮地哭了起来。

“哦哟，真是个很吵的孩子啊。”负责清理新生儿的护士笑眯眯地说。关泓向台子上望去，就看见又红又紫的新宝宝正举着小手小脚用力地大哭着。

是个男孩，护士看了看表，记下了他的出生时间和体重。

这就是我的孩子！

关泓忘了所有的痛苦，惊奇地看着他，那么小的手和脚，惊恐地在空中舞着，想要抓住什么。关泓本能地想要伸手去握住他，跟他说：“宝宝，不要怕，妈妈在。”

关泓长舒了一口气，原来生孩子就是这样的啊，虽然经历的时候觉得痛苦极了，可一旦孩子呱呱坠地，所有的痛苦竟然都过去了。

不过，她高兴得早了一点，助产士又取出一个手术包，淡定地说：“我再帮你缝起来啊。”

那种淡然，就好像说“你的纽扣开了，我帮你缝上”一样。

关泓也没法拒绝，是啊，剪开了，不缝上也不行啊。

可能是意志力已经用到极限了吧，接下来的几十分钟，关泓觉得比生孩子还要痛。感觉到细细的针和线不断地穿过身体，每一下都是极细极刺的痛。

痛得关泓浑身紧张，手和脚都僵硬了。

助产士很专业地说：“一共要缝四层，我帮你缝得细一点，对你有好处。”

关泓躺在产床上，不合时宜地想起一条社会新闻，说有个产妇因为红包给得不够，肛门都被助产士缝起来了。

到这个关口，关泓才想起，匆匆忙忙地赶来，根本连红包也没有准备啊！

等在外面的五个大活人，从她进了待产室开始就没了消息，手机也没有带进来，生孩子，还真的是产妇一个人的事情呢！

也不知道他们给人家塞了红包没有，管他呢，反正已经到了这种七七八八的地步了，听天由命好了。

思想开点小差，痛苦好忍受一些，好歹让关泓给坚持了下来。

"你们家人呢？"助产士问关泓。

"应该等在外面吧。"

"今天生孩子的人很多的，走廊里全是人，还有几个人在吵架，被护士长赶出去了。"助产士见关泓痛苦得手脚抽搐，故意跟她聊聊天分散她的注意力。

"是吧。"关泓答应着，忍不住倒抽一口凉气，实在是太痛了。

"好像为了小孩子的名字吵起来了，姓夏的不愿意名字后面跟个关字,姓关的一定要把关这个字放在孩子的名字里。不过现在好像都流行的，报纸上不是说嘛，把父姓和母姓嵌在一起，产生了很多新的复姓。"

关泓一听，羞得要命，姓夏的姓关的，不就是自己家的事吗？没想到自己在里面拼了命生孩子，这帮人还有闲工夫在走廊上为了这种事情吵架，丢人都丢到医院里来了。

不过孩子的名字还真的没想好呢，到底该叫什么呢？

夏关风，这三个字出现在关泓的脑海里。

大学的时候去大理旅游，听到过这个词，她想起大理懒洋洋的太阳，忽然决定，就叫这个名字吧，风一样的男人，温柔而有力。

曦，是光；泓，是水。在他们中间，是明澈的风。

关泓忽然觉得自己还真的有点才情呢！

"护士叫我们去办出生医学证明,孩子的名字想好了吗?"夏曦问关泓。

这已经是孩子出生后的第三天了,因为是顺产,关泓已经恢复得差不多了,再过一天就可以出院了。

"没什么更合适的,就按我那天想到的,叫夏关风,怎么样?要么你还有什么更好的主意?"关泓正在试图给孩子喂奶,但没有多少奶的乳房对已经被护士喂饱了的孩子没什么吸引力。

"那我就去办了噢。"夏曦和关泓都不是那种凡事喜欢请示父母的人,在他们想来,这是我们的儿子,我们觉得可以就行了。

可是,他们的父母却很在意。

爷爷起了十几个名字写在小纸条上等着新爸爸夏曦来请示。

外公耿耿于怀的是,一定要把"关"字嵌在名字里。

为此双方还在医院的走廊里大吵了一架。特地坐着飞机赶来的关爸爸事后又跟关妈妈吵了一架:"还不是你的肚子不争气,你要是给我生个儿子,我们老关家也就有后了,何至于被人家牵着鼻子走!"

"什么年代了你还提这个,生男生女不是女人的肚子决定的,你别到处暴露你的没文化,好不好?要不是生了关泓,我早就跟你掰了,你还上哪儿摆你的老丈人威风去?"

讲来讲去就是那么几句话,大量的中老年夫妻,口角的时候都是老话重提,没什么新鲜感,但就是这样争吵着走过他们的大半辈子。

久而久之，这就成了一种交流方式，吵架本身的意义被忽略了，吵架的这种形式成了生活的一部分。

爷爷一直嫌奶奶没文化，觉得自己为了回城而和她结了婚是一辈子的错。

外婆也一直嫌弃外公没出息，抱怨是关泓拖了她弃暗投明的后腿。

爷爷和外公之前没见过几次面，也就在关泓和夏曦的婚礼上作为长辈了站了台，当时你点个头我打个招呼，客客气气地算是结了亲家。这之后就没再见面，没什么深厚的感情和认同感，如今在孩子姓名的问题上，两人互相都不服气。

夏家唯一的孙子，也是关家唯一的外孙，自然寸土不让。

只要谈到孩子的姓名问题，两人就会争得脸红脖子粗。

爷爷坚持不肯在名字里嵌上一个"关"字，他觉得这是给孩子多了一个关，而外公却觉得为了展示这是我们老关家的外孙，一定得把"商标"贴上。

谁知道人家早就把名字起好了，压根就没想来请示汇报。

"我们已经很退让了，现在新社会，孩子跟妈妈姓的也多是的，我们可没提那么过分的要求，只是要求把妈妈的姓放上去，这老家伙都不同意，太封建了！"

外公愤愤地抱怨着，同时把自己的换洗衣服乱七八糟地塞进小衣橱里。

"你急什么，只要我们在这里跟孩子朝夕相处，你说他以后跟谁亲？还不是外公外婆，爷爷奶奶靠边站！"关妈妈用脚把一只旅行袋踢到床底下。

别看他们一天到晚争争吵吵，其实很多地方已经完全同化了。

关泓家北边的小房间原先收拾得很整齐，一张双人床，一个两门的衣橱，窗子底下一张写字台放着电脑。这间屋子原先是夏曦的电脑房，选择的家具也是比较简约的北欧风格。

可关爸爸关妈妈只用了十分钟，就将它变成了一间劣质旅馆的混乱客房。

写字台上堆满了各种塑料袋，里面塞着食物、洗漱用品、内衣和杂物，两门橱里乱七八糟地塞满了衣服，门一开，就会掉下一两件来。

漂亮的双人床下面，塞进了一只箱子和几只蛇皮袋，里面是他们冬季的衣服。

玄关处明明有鞋柜，可他们还是在地板上摞起了七八只鞋盒子。

关爸爸是很有创造性的，外衣没处挂，他找了几个衣架子，把衣服直接挂在了窗帘杆上，然后他斜靠在床上，看着塞不进衣橱的一堆衣服对关妈妈说："明天找地方买点洋眼铁锤铁丝之类的，在这里拉一拉，好挂衣服。"

关妈妈正拿着关泓的唇膏在涂着自己的嘴唇，头也不回地说："关泓他们房间有个衣帽架，你一会儿拿过来不就行了，别在人家墙上乱敲钉子，毕竟不是咱们自己的房子。"

关爸爸不在乎地说："怎么不是咱们的，女儿的外孙的还不就是我的？"

"好好好，随便你，我们赶紧拾掇拾掇好去接关泓出院。"

关泓的爸妈是怎么住进北边小房间的呢？这个还得从关爸爸一个人独立生活的那几天开始说。

关妈妈出门后，关爸爸还是颇为逍遥了一阵子的，他上街到馆子里炒了两个菜，整了一小瓶二锅头，滋滋润润地吃了一顿饭，回到家美美地睡了一觉。

半夜里关爸爸醒过来，忽然觉得胸口痛，气透不过来。他连忙到床头柜的抽屉里去翻麝香保心丸，翻箱倒柜地找到了，结果手一抖又把瓶子里的小药丸洒了一地，好不容易战战兢兢从地上捡了一粒起来含在了嘴里，这才觉得安心。

但这之后他就再也睡不着了，脑子里想到的全是各种独居老人死在家里无人问津的社会新闻。

天一亮，关爸爸就决定收拾行李到上海找自己的老婆孩子去，此时，正是关泓在产房里筋疲力尽地生孩子的时候，关爸爸更加觉得这是老天给他的指示，于是他破天荒地打车去了机场，平生第一次自己花钱坐飞机赶到了上海。

二十年前，当关爸爸还在那家国营大厂当采购科科长的时候，他曾经不止一次坐过飞机，但五年后厂子倒闭，他就再也和公款出差无缘了，也和那种逍遥充实的职业生涯告了别。

多年后，当他从浦东机场走出来，被温柔的上海的风拂着面，心里忽然有一种兴奋感。乖乖，这就是老婆心心念念要回来的上海，果然不一样啊，连风都有种国际的味儿，走在身边的外国人行色匆匆，漂亮的空姐彬彬有礼，这才是人过的日子。

被下岗后混乱的生活磨折了十几年的老关，拖着行李走出机场航站楼立刻就爱上了上海。

其实一切只是错觉而已，在未来的日子里，他要面对的只是孩子、尿布、厨房和菜场，不管在哪里生活，普通老百姓都逃不开买汰烧，出门坐公交，回家看电视，买菜上菜场，购物去超市。

上海再好，也只是浮云。

女儿家的房子，首先就让他失望了。

虽说是电梯房，但已经有十五年的房龄了，一梯六户，北边的小房间也就八平米左右，虽然看得出是新装修的，但跟电视上那些敞亮的样板房比起来，简直是面的和奔驰的差距。

进屋要换鞋，去医院要挤公交，好歹换乘地铁，结果比公交还挤。

进了妇幼保健院的大门，感觉像菜市场一样热闹，全是大肚皮和大肚皮的家人，厕所门口等着留尿观察的孕妇排起了长队。

关爸爸头皮一阵发麻，听说上海人就喜欢排队，原来是从还在肚子里的时候就养成的习惯啊。

两千多万人口，干什么不都得排一会儿啊？

为了孩子姓名的问题，关爸爸和夏爸爸第一次意识到自己"外公"和"爷爷"的既定身份，也意识到，这将是他们嫡亲的唯一的第三代传人。

关爸爸回去就和关妈妈嘀咕上了："这姓夏的一家人，不怎么大方，咱们辛辛苦苦养大的女儿，舍生忘死地帮他们家添了个大胖小子，他们倒在姓名的问题上跟我们斤斤计较。我跟你讲，咱们别回去了，就在这里踏踏实实地住着，看着这个宝贝疙瘩，不然的话，等我们一走，孩子成了他们的专利，以后你就别想外孙眼里有咱们了。"

关妈妈不以为然地说："没有就没有，有什么了不起的，的确是人家的孙子，你还能把你前面那个'外'字拿掉？"

"我说你不懂就是不懂吧，现在什么时代？男女早就平等了，咱们不是外公外婆，是姥姥姥爷，外什么外？我反正是想好了，你来带孩子是对的，我也全力支持，既然来了我就不打算回去了，跟你并肩作战。"

"你呀，别给我添乱就行了。"

他们在这里自顾自地计划着，完全没考虑别人欢不欢迎。

出院这一天，夏家父母也带着行李赶到了医院，在他们的想象当中，关泓的父母在东北，自然是由他们来照顾孩子和产妇。

一个家庭里的误会往往就是这样造成的。

大家都以为是理所应当的事情，可是因为每个人的出发点不一样，产生完全南辕北辙的想法。并且，在家庭这个环境中，没有人能真正说服对方，在无法求同存异的情况下，小小的隔阂会变成巨大的矛盾。

这一天，打着小算盘的还有夏晨，她也掰着手指头算着日子等着爸爸妈妈搬出去，好给她腾出自己的小天地。

今晚爸妈应该会留宿在弟弟家，所以她迫不及待约了男友到家里来烛光晚餐。

于是，北边这个不足十平米的小房间，已经被关泓爸妈塞满了杂物，当成了自己在上海的落脚点，又有夏曦爸妈计划着要住过来，和儿孙共享天伦之乐，而关泓和夏曦还完全没有想过这个问题。

突然降生的孩子，将这几个大人的生活完全打乱了，他们的人生发生了不可逆转的变化，可是，在新生儿刚出生的繁忙和喜悦当中，谁也没有意识到这个问题。

现在，他们分别搭乘两辆出租车，由关爸爸关妈妈升级为外公外婆的两位和新妈妈一辆车，由夏爸爸夏妈妈升级为爷爷奶奶的两位抱着孩子和夏曦一辆车，浩浩荡荡地回家了。

路上，夏曦接到公司的电话，说有急事一定要他回去一次，奶奶体贴夏曦，让他坐着出租车回去，他们两人下车去再拦一辆出租车。

其实细想想，这个动作是错误的，应该由夏曦再去打车，爷爷奶奶抱着孩子继续坐这辆车回去，但是在奶奶长时间以夏曦为重的习惯性思维里，都是自己让着儿子。

夏曦也没想到这茬，被自己的爸爸妈妈照顾，在他已经是呼吸一样自然的事情了，他忘了，现在的他，自己也是爸爸。爷爷奶奶怀里抱着新生儿，怎么能让他们下车再去找新的出租车呢？

夏曦的车开走了，爷爷奶奶在路边等了一会儿，没有出租车来。正好一辆公交车开过，奶奶一看，只有四站路就能到家，想也没想就要去坐公交车。爷爷倒是犹豫了一下，可就那么一闪念，还是跟着奶奶上车了。

公交车不太挤，但恰恰没什么座位，爷爷嘀咕了一声："这样太危险了，还是下车吧，再等等。"

这时候，后门的位置，一个跟他们差不多年纪的老阿姨站起身来，操着有口音的普通话，很纯朴地说："那抱孩子的，上我这儿来坐。"

老阿姨带着一个小姑娘，占了两个座儿，奶奶也不理爷爷，自顾自走过去，坐了其中的一个。老阿姨自称姓张，带着孙女去超市的。

俩老太太凑在一起，都谈起了自己的孩子。

张阿姨称赞说："你这孩子长得真好，方面大耳，男孩子吧。"

奶奶得意地说："是啊，你看这个头，看不出来才生下来4天吧，这个头说他满月了也有人相信哦。"

张阿姨凑近看看，点点头："是啊，现在孩子个头都大，生下来有七斤吧？"

奶奶更加得意了："何止啊，八斤多呢，大吧，我这个媳妇个头不大，没想到生出的孩子这么大的个儿。"

张阿姨羡慕地说："可不就是个标标准准的大胖小子嘛。"

俩老太太就这么四站路，聊的全是孩子，那热乎劲儿好像两人是亲戚一样。爷爷最烦奶奶这种到哪里都跟人扯个没完没了的样子，阴沉着站在车门处不开口，心里满是悔意，早知道坚决不上车也就罢了。

尤其这个张阿姨，老往奶奶怀里打量孩子，爷爷心里老大的不舒服，好像自己的什么宝贝被她看去了一样。

车到了站，爷爷拽着奶奶就催她下车，下了车爷爷就冲奶奶嚷嚷上了："自己家孩子的事情你跟一个陌生人唠唠叨叨讲那么多干吗？"

奶奶还很兴奋，笑着说："有什么的，孩子好玩，人家看着眼红呗。"

"你看看你，全天底下好像就你一个人生了个孙子似的，我跟你讲，现在社会上坏人多的是，你别什么都告诉别人。"

奶奶不太接受这个意见："有什么的，有孩子的人凑在一起还不都是谈谈孩子，交流交流经验，好的，以后我还要多跟小区里的人谈谈，人家有什么小孩子方面的经验，互相提个醒，多好啊。"

爷爷见奶奶不听自己的意见，火不打一处来："我跟你说什么你都不听，我跟你讲，有你后悔的那一天。"

两人一边说着一边就走到了小区门口。

忽然，身后有人喊他们："诶，她大姐，孩子好还给我了吧？"

奶奶没反应过来，这句话是跟她说的，紧接着，腿就被抱住了，低头一看，是刚刚坐在她身边的小姑娘。

小姑娘奶声奶气地说："奶奶，把我弟弟还给我。"

奶奶大吃一惊："小姑娘，你说什么啊，这可不是你的小弟弟，我们根本不认识啊！"

"她大姐，我还以为你是好心，看我一个人带两个孩子，所以帮我抱着这个小的，可你怎么翻脸不认人，想抢我的孩子啊？"

刚刚还一脸笑容的张阿姨忽然满口瞎话，让奶奶完全糊涂了。

"谁抢你孩子？这可是我的亲孙子！"奶奶喊了起来。

"怎么是你的孩子？这是我孙子，刚生下来一个月，我们不过一起坐了几站公交车，你可不能这样啊，我回去可怎么跟我女儿交待啊！"张阿姨一拍大腿就哭喊了起来。

不远处，一个三十岁左右的女人奔了过来，嘴里喊着："妈，妈，怎么了？你怎么把孩子交给陌生人啊，快点抱回来！"

有的时候，你完全想不到像是发生在电视剧里的事情，会突然就在你身边发生了，事后，你会十分后悔，因为，有很多意外，真的是可以避免的。

　　关泓一家三口到了家，发现夏曦和爷爷奶奶带着宝宝虽然是先走的，却还没到。

　　关泓立刻就紧张起来了："今天路上一点都不堵啊，他们怎么还没到？"

　　外婆安慰她："没什么的啦，最多五分钟，马上就到了。"

　　五分钟过去，关泓实在等不了了，她打了夏曦的电话，这才知道夏曦先走了，剩下爷爷奶奶带着孩子，两人都没有手机，这下关泓急了。

　　她先冲着夏曦发了一通火："你怎么可以让他们下车，你自己坐车走了呢？"

　　夏曦倒没觉得有什么不妥，分辩说："公司里急着找我，我也没多想，没事的，他们两个人带个孩子，光天化日的能有什么事？"

　　"算了，我不跟你说了，我现在就下楼去找！你们这一家人，都不让人省心。"

　　刚生了孩子的女人，心心念念的就是肚子里刚刚掉下来的这块肉，这也是人之常情。关泓扔了电话就要出门。

　　外婆拦住她："你去干什么？你还在坐月子，怎么好乱跑？床上躺着去！"

　　关泓披上外套，戴好帽子，抓着手机就往外冲："我没空跟你吵架，我顺着路去迎迎看，这么点路这么长时间不来，我不放心！"

　　关泓冲出去，外公外婆也只能跟着她往外跑。

冲到小区门口，就看见几个人围着正在争执，关泓不喜欢看热闹，但听声音好像很熟悉，就向里面看了一眼。这一看把她下了一跳，就看见一个年轻女人正在从奶奶手上抢孩子，而爷爷正全力以赴地护着奶奶和孩子。

关泓反应快，立刻拿起手机打110。

外公外婆叫嚷着冲了上去。

"你们是什么人，怎么抢我们家的孩子？"外公嗓门大，这一喊，还是有点威慑力的。

年轻女人愣了一下，没想到那老太太却很顽强，过来就扯住外公的衣服叫嚷起来："你们都是一伙的，这是我们家的孩子，你们明抢啊？"

贼喊捉贼，这倒把外公给唬住了。

他一愣，边上就有人帮腔了："肯定是家庭纠纷，这种事情旁人讲不清楚的。"

看热闹的人本来倒觉得有点问题的，听边上的人这么一说，也觉得有道理，纷纷分析起来。

"估计是离了婚，孩子判给一边，另一边不肯，找了人来帮忙想抢孩子。"

"差不多，你看孩子还这么小，不是闹得厉害的，不会离婚。"

更有人扯得远了："说不定是代孕的，你没看报纸上吗？连梁洛施这样的大明星，都是帮李家代孕生孩子的，说不定是代孕完了又不肯给了吧。"

你一句我一句的，谁也不上来帮忙。

关泓见纠缠得激烈了，急中生智大声喊了起来："你们谁也别动，我已经打了110报警了，警察马上就来，大家到派出所去讲清楚。"

正在撕扯着爷爷衣服要把孩子抢过来的年轻女人闻言，松了手，外公外婆连忙挤进去，护住了孩子。

见关泓这边有五六个人，年轻女人和那个所谓的张阿姨丢开了手，紧接着，停在路边的一辆看似在看热闹的灰色面包车开过来，门一开，年轻女人、张阿姨带着小姑娘和一个在边上看热闹且一直帮腔的男人，跳上车就跑了。

关泓忽然明白了，原来这是一个犯罪团伙，目的是为了抢孩子。

自从怀孕之后，关泓看了很多拐卖孩子的新闻，她万万没有想到就在自己的家门口，居然会有人对自己的孩子下手。

警察很快就赶到了，关泓描述了灰色面包车的情况，还有心细的围观群众记下了车号。必要的程序之后，爷爷奶奶被带到派出所去做详细的记录，关泓和外公外婆带着孩子先回了家。

回到家，关泓忍不住像筛糠一样地抖了起来，想到如果自己慢一步，孩子说不定就被抢走，山高路远地被卖到不知哪个穷山沟里去，还可能会被弄残了在寒风里乞讨，关泓终于抱着孩子放声大哭起来。

外婆也吓得浑身发抖，活到这把年纪，她也没见过这种阵仗，居然有人光天化日抢孩子。

夏曦接到关泓的电话，听着关泓泣不成声地讲完，也感觉到了事态的严重，他连忙请了假打车赶回家。那一边，完全乱了方寸的奶奶立刻打电话给夏晨，把她急召过来，在夏家，风风火火的夏晨是奶奶潜意识里依靠的对象。

等爷爷奶奶从派出所回来，大家才根据所有的片段拼出了事情的完整真相。

人贩子先在各种公共交通工具上寻找下手的对象。

然后通过聊天套近乎拉近距离，了解孩子的情况。

下一步是将孩子的情况告诉同伙。

围观的人里面有她们的同伙，借着争吵的契机抢夺孩子。

还有机动车做配合，一旦抢到孩子，上了车就跑，一转眼孩子就没了。

整个过程几乎是天衣无缝。尤其是有个那么小的孩子参加进去，更让一般路人觉得他们才是孩子的家人，而真正的孩子的家人，倒好像成了罪犯。

据派出所的人说，现在拐卖孩子的手段层出不穷，犯罪团伙的分工越来越明确，手段也越来越丰富，而且，拐卖到的孩子基本上都流向了农村。

一想到自己的孩子差点就成了别人的孩子，再也见不到了，夏曦气得牙痒痒的，恨不得立刻找到拐卖集团的犯罪分子来，杀掉几个以解恨。

关泓此时已经稳定了一点，她开始冷静地分析这件事情的起因和过程。

最后她得出结论，犯罪分子每天都在犯罪，而这一次之所以会瞄上自己的孩子，最根本的原因，还是因为孩子出现在了公共交通工具上，并且奶奶给了他们可趁之机。

这就好像你拿了一大叠的现金在一群贼的面前兜来兜去，找偷啊！

如果他们打了一辆车，早就到家了，根本不会出这么大的乱子。

外婆自然也心疼自己的女儿，还在月子里就这么一惊一乍的，还大哭一场，以后不知道会落下什么病，而造了这个孽的，正是拎不清的奶奶。

"奶奶，我真的不懂了，你就这么一个孙子，刚生出来，从医院里带回家，这点钱你也要省？如果打车回来，真的就没这个事了。"

奶奶也是吓得魂魄出窍，这会儿被外婆一问，连忙解释："我也不是为了省钱，主要是觉得马路边上太脏了，想赶快把孩子带回家。"

"结果呢？结果孩子差点被人家带回家去。"外公也加入了战团。

"讲起来你们上海还是国际大都市呢，我们沈阳人生了孩子哪一个不是拿小车带回去的，怎么你们上海这里流行坐公交车带小宝宝回家啊？"

夏曦见自己的妈妈一脸自责，十分不忍。

"你们也不能这么说，我妈不是说了吗？她是急着回家，看着公交车来了，所以就上去了。这种事情谁也不知道的，那人贩子头上也没刻着罪犯的字样啊。"

"诶，说来说去是太凑巧了。"爷爷见家里的气氛变得紧张起来，连忙来进行总结。虽然他心里也埋怨奶奶，但在亲家面前也不希望太失了面子。

"巧，什么叫巧？只能说是你们一步步将孩子送到人贩子手里，夏曦这么大个人，你们不能让他自己去打车吗？下了车你们不能等出租车吗？就算坐公交，为什么要把家里的事情跟陌生人说呢？随便哪一环上你们警惕性高一点，就不至于发生这样的事情了。今天要是我们晚一步到，孩子就没了！我们关泓可怜啊，十月怀胎生了这么个大胖孩子，你们就这么不当回事！"

外婆说着说着就声泪俱下了，搞得气氛更加尴尬。

"是的，都怪我不好，我真是太粗心了。"奶奶急忙道歉。

"好了好了，闹了一天，亲家，你们回去休息吧。"外公不客气地下了逐客令。

"不不不，你们回去休息吧，我和他爸行李都带来了，从今天开始我们就住在这里照顾关泓和孩子。你相信我们，一定不会再出岔子了。"

"没必要，女儿坐月子，我们自己会照顾的。"外婆气呼呼地回绝了。

"是啊，我也特地从沈阳赶过来，就是不放心，你看，果然就出事了。以后啊，我是不会再离开这孩子半步了，咱们六个大人就这一个孩子，可不能再让他出什么差错。"外公也表起了决心。

"可是——"爷爷想说点反对意见，但今天这形势，他实在又说不出什么。

遇上这种事情，夏晨也完全没有了主意，所以她虽然被奶奶电话召了来，却一直坐在一边不吭声。她也知道，今天这事情的确是夏家理亏了。可是，当听到外公外婆打算住下来的时候，夏晨立刻意识到，自己可能会成为今天这件事最直接的受害者。

如果外公外婆住下了，爷爷奶奶不就得回去了吗？那她的如意算盘可就全部落空了。

所以，夏晨不乐意了，她冲着夏曦发起了脾气："你看看，都是因为爸妈太宠着你了，才出了今天这种事情。为了你，他们一辈子的积蓄都买了这房子，现在还打算帮你带孩子，你倒好，坐在旁边一句话也不说。"

夏曦看了看姐姐，又看看剑拔弩张的岳父母，再看看面若寒霜的老婆。张口结舌，不知道自己该说什么。

外婆已经听出了夏晨的弦外之音。

"我算是听出来了，你们家大小姐的意思是说这房子是你们夏家买的，我们是姓关的，不能住在里面。好啊，关泓，把孩子抱上，妈这就带你回沈阳去坐月子。我看以后你也不用回来了，这里的人不拿你们母子当回事，你为了生孩子放弃了事业，没关系，妈那里总有你一口饭吃。"

爷爷连忙劝住外婆："不不不，亲家，夏晨不是那个意思，我们更没有那意思。你们要来照顾孩子和产妇，我们是求之不得。本来呢，夏曦没跟我们说你们要来，我想你们在沈阳，过来不方便，所以我们当仁不让，现在既然你们要来照顾他们，我们怎么会不欢迎呢？你们住，我们走！"

爷爷说这番话的时候，心里是很不情愿的，但是他知道，今天奶奶捅了这么大的娄子，他们是没有什么资格再在这里提要求的，还是用个缓兵之计，先拖一拖再说。

"你们忙，没什么事不来也行，别再把什么不三不四的人惹到家里来，再把孩子给弄出什么好歹来，我们可吃不消！"外婆得理不饶人。

"妈，我们走吧，你也别想不开，你们在不在这孩子都是你们的孙子，跟着我们姓夏。人家不稀罕你在这儿，你不会回家享清福去？走吧！你们不走我走了！"见奶奶还有点依依不舍，夏晨气呼呼地走了，走到门口才想起来今天约了男朋友到家里去，这下惨了，她赶紧打上一辆车，赶回家去。

这边奶奶还想再看看孩子，夏曦想让关泓把孩子给爷爷奶奶抱抱，关泓沉着脸不很情愿，正在犹豫的时候，宝宝大哭起来。

关泓连忙说："一定是饿了，我把他抱进去吃奶，爸妈，你们走的时候我就不送你们了。"

夏曦跟进去，见关泓一脸的不高兴，讪讪地想哄哄她，关泓先发制人了。

"夏曦，今天的事情就算了，反正不幸中万幸，孩子没丢。不过我想过了，你妈这人太不靠谱了，为了孩子的安全，以后，没有我的同意，你别把孩子给他们带出家门，听见吗？"

夏曦还没回答，关泓又说了："你看，不是我不相信你妈，今天我就是太相信他们了，才会答应他们，让他们抱着孩子回来，结果呢，差点孩子就丢了。你要是心疼我，心疼孩子，以后就多听听我的话，别让你爸妈有事没事就把孩子抱出去，一失足成千古恨，要是哪天孩子真的出什么意外，那可是后悔莫及的事！"

夏曦看看孩子弱弱地躺在关泓的怀里，一副无助的样子，觉得关泓说的也有道理，他也没想到自己的妈妈这么掉链子，居然差点让人贩子得了手，所以，虽然觉得关泓的语气有点生硬，要求有点过分，但还是点了点头："好，我知道了，以后孩子的事情你说了算。"

关泓这才点了点头，长吁了一口气说："我真的是累坏了，也吓坏了，你不知道当时那情景，人家的手已经伸到孩子身上了，要不是我们及时出现，就凭你爸妈两人，孩子早就没了，要是孩子没了，我也不想活了。真的，没孩子的时候也无所谓，真把他生下来，就没办法不对他负责任。你看他，这么小，我们是他的爸爸妈妈，我们不管他，他就活不下去，你知道吗？真要被人贩子拐去了，你想想，他要怎么办啊？"

夏曦看了看孩子，小小的拳头紧紧地攥着，一双小眼睛骨碌碌地盯着自己，心里一软，有种被融化的感觉。再听关泓这么一说，一种责任感油然而生。

"那你记住哦，以后没我的同意，这孩子哪里也不能去。"

"知道了！"夏曦嘴里答应着，手里轻轻抱起了孩子。刚出生的孩子还是软的，抱在手里就像羽毛一样轻，夏曦的心也变得这么轻，他第一次感觉到自己和关泓和这个孩子之间的血缘关系。

Chapter 11
夏晨的婚事

夏爸爸离开了儿子的家，一个人在外面走走。

今天发生了这样的事情，夏爸爸实在是有点胸闷的。亲家和儿媳妇会有这样的反应也是人之常情，刚出院的孩子，回家的路上出了这样的意外，谁会高兴啊！

但是到了这个年纪，夏爸爸也知道，无论怎样抱怨自己的配偶，都是一件没什么意义的事情，她的性格已经定了型，不太可能改变，能改变的，只是离婚而已，但是对于夏爸爸这一代人来说，离婚，牵一发而动全身，不是那么容易的。

早上出门的时候，还是兴冲冲的，想从此就和儿子孙子厮混在一起了，那种累而充实的生活，他憧憬了很久。

也怪现在那些保健品的广告，经常展现其乐融融一家三代生活在一起的温馨场景，不由人不期待。

没想到现在一盆冷水泼下来，人家直接下了逐客令，以后有没有机会再和儿子孙子一起生活还不确定，这一切，都怪这个不省事的老太婆！

夏爸爸一辈子都不满意自己的妻子，今天，这种不满意上升到了极致。可是，家里刚刚添了孙子，怎么可能去想别的事情呢？

他漫无目标地走着，不知不觉来到了自己曾经工作过的服装公司。

他看了看那扇熟悉的大门，想了想，正要离开，却被人喊住了。

"老夏，是你吧？"

夏爸爸一怔，没想到居然又听见了这温婉悦耳的声音。

说话的是服装公司的女老板林素。

这是个年过半百，风韵犹存的中年女人。

她热情地拉住了夏爸爸，旧话重提，情恳辞切地希望他能回来上班。

"现在年轻的打版员都没有你那样的手艺，我有很多想法都没办法跟他们沟通，如果你有时间的话，还是回来帮我吧，费用方面我按最高的给你。"

夏爸爸今天没有谈工作的心情，只好推辞说儿子刚刚给他生了孙子，家里实在忙不过来，来上班的事情再说吧。

林素也不纠缠，淡淡地笑笑说："你向来都是以家人为重的，这也是我欣赏你的地方，现在像你这样的男人不多了。"

夏爸爸听了，心里特别安慰，这世界上毕竟还是有一个知己的啊，可惜，他跟老婆发过誓，决不再踏进林素的公司，绝不和她有任何的瓜葛。

夏晨那边一头汗地赶回了家，男朋友展衍已经在门口等着她了。

"不好意思，弟弟那边出了些事情，耽误了。"夏晨一迭声地道歉。

展衍好脾气地说："没关系，等你是一件很开心的事情，不是有首老歌嘛，叫做《等人就像在喝酒》。我酒量好，多等等也不会醉。"

夏晨被他逗得笑了起来。

今天他们本来是计划买点菜自己准备一顿浪漫的烛光晚餐的，热恋中的男女，当其中的一方邀请对方到自己家里买菜做饭的时候，其实是一种很明显的暗示——我们试试看，一起过日子是否合适吧。

试着一起吃饭，是潜意识里愿意跟对方一起过日子的一种显性行为。

不过，夏晨今天的如意算盘打不成了，爸妈眼见着就要回来，浪漫的晚餐只能等待他日了。更郁闷的是，今天出了这样的事情，关泓的爸妈住进了新房子，短时间里，自己爸妈住过去的可能性不大了。

总不能在夏曦住的那间只能摆一张单人床的亭子间里面结婚吧？

　　一想到这里，夏晨就心乱如麻。眼见着自己离开了 35 岁，正要向第三个本命年进军，没房子没汽车没老公，未来还可能没孩子，就觉得这世界上的人都欠了她的。

　　展衍见夏晨站在家门口有点出神，低声问她："怎么了，是不是今天不方便去你家？那我们还是去老地方吧，大不了今天你请客。"

　　夏晨点点头："也好，你等等我，我上楼换件衣服。"

　　展衍要跟着夏晨上楼，夏晨有点尴尬了，她现在住在夏曦原来住的那间亭子间里，转身都难，要是展衍跟她共处一室，她就没法换衣服了。但看着展衍诚恳的脸，她又不好意思拒绝，索性就把展衍带到了楼上爸妈住的房间。

　　夏曦结婚之后，夏晨的床拆掉了，又处理掉不少家里的旧东西，这间朝南的大房间变得很敞亮。黄昏的时候，从窗口看出去，外面是花园，整个环境还颇有点优雅的感觉。

　　展衍是第一次到夏晨家来，站在弄堂口等夏晨的时候，他还是颇有点失望的，没想到夏晨家住在这样的地方。但现在走进这间温暖的大房间，他顿时感到一种温馨的家的味道，心情也轻松了不少。

　　夏晨让展衍坐下，给他泡了一杯红茶。说起这茶，和关泓还有点关系，是和她一起生孩子的那个叫洪苑苑的女子送的，据说她在"一茶一坐"做培训师，喜欢喝茶，特地送了一些给关泓，关泓要喂奶，不敢喝，夏妈妈就把它带回家来了。

　　这是祁门的红茶，茶汤红艳艳的，像宝石一样，英国女王最为喜欢，还有一个文雅的名字，叫"群芳最"。这些知识是夏晨到百度上搜来的，本来打算饭后跟展衍坐下来喝茶的时候卖弄一番，没想到只能仓促喝上一杯了。

　　坐在沙发上，看着上海的夕阳，喝着醇和的祁门红茶，展衍有了一种梦想成真的感觉，就这样，拥有自己的家，一定是件美妙的事情。

夏晨在家是很邋遢的，但出门吃饭她还是仔细地打扮了一下，今天一天发生了这么多事情，她希望能有个美好的晚上，别再出什么状况了。

今天的展衍也想跟夏晨好好谈谈，所以，他们来到了夏晨家附近的一家"一茶一坐"，安静的四人位可以轻松地对坐，夏晨尤其喜欢里面优雅舒适的气氛。跟展衍恋爱，因为考虑到展衍的经济压力，他们一般都去小饭馆，今天，夏晨决定选择这个看起来颇为雅致的地方，谈一点浪漫的话题。

一人一份套餐吃完之后，夏晨继续点了一份祁门红茶的个人泡，加了个杯。

展衍平时是很节俭的，他总跟夏晨说，为了将来能够生活得更好，现在就不能大手大脚。夏晨也喜欢他这种脚踏实地的感觉，毕竟，到了夏晨这个年纪，她需要的是一个能一起共度一生的男人，而不是一个虚无缥缈的浪漫梦想。

夏晨的收入比展衍高，但为了迁就展衍，她和展衍在一起的时候，总是根据展衍的消费习惯。今天，两个人坐在这个时尚温馨的餐厅里，心情也轻松了起来。夏晨想，以后自己不妨多买几次单，慢慢的，也许展衍就不会那么紧张和拘束了。进而，他会更快地融入上海青年的时尚生活吧。

红茶上来，红宝石一样的茶汤色跟红酒很像，展衍不擅喝茶，所以他像喝酒一样地举起茶杯，对夏晨说："我以茶代酒，谢谢你请我吃饭，不过，今天你请客我买单。"

夏晨正要出言反驳，展衍抬了抬手，继续说："今天这顿饭一定要由我来买单，因为接下来我要请你答应的，是一个很慎重的要求。"

夏晨有点紧张，是她一直在等的那个要求吗？

展衍喝了口茶，清了清嗓子，对夏晨说："今年春节晚会的时候，我看了一个小品，当时我还在老家，就想立刻打电话给你，但是后来我又想，还是应该跟你当面提出这个请求。夏晨，我们赶一回时髦，裸婚吧，可以吗？"

夏晨面红耳赤，但还是听见了关键词——裸婚。

"我想过了，现在国家正在打压房价，总有一天我们是买得起自己的房子的，但是我们不能这样一直等等等，我很愿意也很迫切地希望和你一起生活。如果你愿意的话，我们租套房子，先结婚，然后一起奋斗，买一个属于我们两个人的房子，你看可以吗？"展衍说这番话的时候，显得很有压力。

夏晨捕捉到了他的情绪，忍不住想要让他轻松一点。

人就是这么回事，看见弱小的就想保护，看见嚣张的就想打压，像展衍这样一副对不起人的态度，反而让夏晨心生同情。

"我没问题，我也相信只要我们两个人一起努力，肯定能买上自己的房子，过上快乐的生活。"

展衍不相信地看着夏晨，再次确认："真的吗？你答应了？"

"答应什么？"

"傻瓜，我在跟你求婚，你说愿意跟我一起过上快乐的生活，就是答应了要和我过一辈子了，对吗？"

"嗯。"夏晨点了点头。

"太好了，我还有一个好消息，我的硕士证拿到了，户口可以进上海了。"

"真的吗，那太好了！"

夏晨觉得今天还真的是个好日子。

而关泓那边，爷爷走了，夏晨走了，奶奶却还不想走，小孙子就像吸铁石一样把她牢牢地吸在那里。

正找不到借口再留下去的时候，关泓出来了，她拿着一张字条，是她觉得需要做的清洁整理工作。

孩子睡着了，外公外婆正在看电视，见关泓提出这么多要求，拉着脸说："这是夏家的房子，我们不敢碰。"

奶奶连忙接过来，手脚麻利地整理好客厅，又用消毒液好好清洗了卫生间，换了窗帘，给关泓房间里换了床上的四件套。

关泓跟夏曦说："你看你妈毕竟以前是做家政的，这活儿干得就是专业。"

外婆不开心了："我要不是这几天累了，我也干得了。不过嘛，人家做奶奶了，得让人家表现表现，不然的话怎么还有脸留在这里。"

夏曦不太高兴，这话听着怎么好像不那么顺耳啊。虽然老妈今天是捅了娄子，可她也是好心，关泓说说也就罢了，她爸妈还夹在里面挑三拣四的，这样说话，太不和谐了！

见夏曦脸色不好，奶奶连忙拦住夏曦，嘴里打着圆场："亲家说得对，你们家女儿吃了这么大苦生下这孩子，我这点不算什么，也就是尽力表示一下我的心意。"

关泓见奶奶打扫完了卫生，就拿出那张打扫的清单，逐条核对，有不放心的地方，还伸过鼻子去仔细闻闻，又用一张餐巾纸仔细擦了，看看纸是白的，才放心地检查下一项。

夏曦劝关泓赶快上床休息，关泓说书上说了环境不卫生，产妇和宝宝都会有风险，不查清楚了她不放心，不放心就躺不下来。

紧接着，关泓又拿出套衣服让奶奶换上。

"以后不管是谁，从外面回来，都要换上家里穿的衣服，不然不可以抱宝宝，这是为了杜绝外面的细菌。还有，宝宝满月前，不接受探望，实在有人要来，大家也要记住，不能给他们抱孩子。现在外面病菌这么多，防不胜防啊。"

夏曦倒没想到关泓还有这么严重的洁癖，开玩笑说："索性这样好了，你在进门的地方装个紫光灯，我们进来都用紫外线杀一杀，保管什么病菌都没有。"

关泓一听，若有所思地看了看玄关。夏曦苦笑地拖开她，让她进房去休息。奶奶换好衣服想去看看小孙子，被外婆拦在了房门外。

孩子睡着了，奶奶没见着。

关泓开门出来，拿出一大包脏衣服，外婆说自己这几天在医院照顾关泓母子俩已经很累了，只好麻烦奶奶把衣服洗一下。

奶奶接过来，顺便往洗衣机里塞，外婆大呼小叫地喊起来："这洗衣机又没消过毒，月子里的衣服万万不可跟别人的衣服一起混着洗。"

奶奶二话不说，进了卫生间，仔仔细细手洗了起来。

关泓出来上厕所，见奶奶用洗衣粉透明皂洗衣服，一脸不高兴，但没开口。进了房间关泓抱怨外婆："叫你帮我洗衣服，你倒好，交给别人去洗，你也不跟人家讲清楚怎么洗，那样洗出来的衣服能行吗？"

外婆立刻出来对着奶奶嚷嚷起来："这月子里产妇的衣服要用专用的洗衣液洗的，不然的话洗衣粉残留在衣服上，关泓再给孩子喂奶，孩子不就把洗衣粉给吃下去了吗？"

奶奶连忙赔不是，二话不说把刚洗好的一大盆衣服又用洗衣液洗了一遍。

外婆还不放心，又走进来看看水盆里的水有没有泡泡，见漂净了，才出去。奶奶正在晾衣服，关泓又问道，消毒了没有？奶奶只好再去兑上消毒液浸泡，漂洗完了才算把衣服洗完。

紧接着，奶奶又是摘菜、洗菜、淘米做饭，洗碗刷锅……想看看孙子也没机会，外婆一会儿推说孩子睡了，一会儿推说孩子要喂奶，一会儿又说孩子要洗澡，不好打扰……奶奶只得忙中偷闲在外面偷偷听着孩子的动静。

晚饭后，夏曦抱着宝宝出来，奶奶总算见到了孙子，奶奶说孩子长得跟夏曦小时候一模一样，外婆却说男孩子还是像妈妈福气会更好。

也许天下的外婆和奶奶都是有点话不投机的吧？

关泓觉得身上脏，想洗澡，外婆不允许，两个人争吵了起来。外婆认为自己还不是为关泓着想，然后就声泪俱下地说起自己生关泓的时候是难产，跟阎王爷擦肩而过。

　　"你都说了几百上千遍了，又不是我请你把我生出来的，女人生孩子谁不痛啊，也就是你说个不停，好像谁欠了你似的。我以后绝不会对我儿子说这样的话。"

　　如今的关泓，有了不同的立场，更加觉得妈妈的不依不饶实在是没有道理。

　　见外婆和关泓吵得不可收拾，奶奶来打圆场，说还是擦擦身吧，现在天热，擦一把舒服一点，我去打水。

　　外公又发话了："可不能用自来水，有细菌会感染，要用熟水。把水烧开了，凉下来洗才行。"

　　奶奶连忙按照外公说的去办。这样一打岔，总算是平息了一场小风波。

　　孩子回家的第一天，家里的气氛就降到了冰点，每个人都不开心，只有奶奶，在无怨无悔地劳动着，在她的心里，觉得自己今天犯了这么大的错误，如果多做一些可以弥补的话，她情愿做到筋疲力尽。

　　但在关泓的心里，却留下了深深的阴影，原先生完孩子打算全部丢给公婆的她，现在决定24小时亲自守护着自己的孩子，绝不让他再有面对危险的机会。

　　女人是很奇怪的，她们喜欢计划，但往往计划不如变化快，几个月前还为了自己的舞蹈事业打算放弃婚姻和孩子的关泓，如今暗暗下了决心，要做一个事事亲力亲为的妈妈。

夏晨回到家，在门口被夏爸爸撞见她和展衍搂在一起，不知为什么，展衍没有面见夏爸爸的意思，而是匆匆走了，因此夏爸爸也没看清楚展衍的脸，但他很清楚地感觉到了展衍和夏晨的亲密程度。

夏晨和夏爸爸一起进了家，跟夏爸爸说起了白天的事情，因为考虑到自己的婚事和房子有着莫大的关系，夏晨说话自然是很不客气的。

"那套房子不是我们夏家买的吗？他们凭什么住进去？你们也太软弱了，自己的领地，要寸土不让！关家父母这一住，那地方不成了关家的窝了吗？什么照顾产妇！什么照顾宝宝！完全是居心叵测，有计划有阴谋的！夏曦怎么也不管管？怕老婆也不能怕成这样子！说好了孩子生出来你们就搬过去住的，怎么临时变卦了？就算白天出了那么一档子事，跟你们住不住在那边有什么联系？总不能因为这件事情就把你们赶出来吧？她还搞不搞得清楚，谁是一家之主？"

夏晨滔滔不绝说了一通还不过瘾，立刻就要到夏曦家去找他们理论。

而夏爸爸关心的则是刚刚匆忙问没看清楚的那个男人。

夏晨有点羞涩地说是男朋友。

夏爸爸立刻审问："干什么工作的？到什么程度了？是什么样的人家？为什么见到我像个贼似的溜了？那么见不得人吗？还是根本就看不起我们，不打算跟我们打交道？"

夏爸爸正在步步紧逼的时候，夏妈妈回来了，听说夏晨带了男朋友回来，觉得挺高兴。见到妈妈，夏晨松了口气，她知道妈妈一定会站在自己这一边，于是她说起展衍是外地来上海打拼的，又刚毕业，所以一时解决不了房子，本以为你们搬走我们有希望了，可现在看来这辈子也结不了婚。

夏晨平时讲话都是很冲的，一时也改不了这脾气，所以又补了一句："既然结不了婚，你们见不见不都一样吗？"

夏妈妈不禁叹气，觉得对不起女儿。

夏爸爸虽然被夏晨噎得讲不出话来，但也不由得叹了口气。听说不少年轻人因为婚房困难结不了婚，没想到自己家里也有这么一位。

夏晨还在不依不饶地想要去夏曦家理论。

夏妈妈连忙拉住了她。

"虽说婆婆照顾媳妇坐月子是天经地义，但妈妈照顾女儿总归更贴心。天大的事情等关泓出了月子再说。谁让我们出了这么大的岔子呢？人家现在不信任我们也是人之常情。"

夏晨不听妈妈的劝，站起来就往外走。夏妈妈死活拦住她，让她千万别胡闹，吓到了宝宝气坏了产妇，都是不得了的事情。

因为展衍求了婚，夏晨心情不错，正好展衍又打了电话来，夏晨也就不再纠结此事，回自己的小房间煲电话粥去了。

夏爸爸见夏妈妈忙了一天才回来，在厨房嘀咕上了："看情形外公外婆想住下来照顾月子，我也不一定想跟儿子住在一起，你也别去瞎掺和。今天算了，从明天开始别去了，就算不住在一起，这孩子还不是跟我们姓夏？乐得不出力呢！"

夏妈妈却还想去，说："毕竟人家上门是客，我们得礼让一点。"

夏爸爸叹了口气："我要是拦住你，不让你上公交车就好了。"

夏妈妈不快地回了一句："你就是这点不好，事后诸葛亮，我上公交车，还不是为了尽快把宝宝带回家？我怎么知道人贩子就在车上等着我？"

　　夏爸爸也火了："你还说呢，要不是你跟人家叨叨叨，叨叨叨地，说个没完没了，人家能缠上我们？我跟你说过多少次了，不要随便跟陌生人搭讪，而且，就算是邻居、朋友，家里的事情也不能随便告诉人家，你倒好，刚认识的，就什么都跟人家说了，人家不把你当成对象吗？"

　　夏妈妈还想再分辩两句，想想又算了："唉，总是我不好，我下次注意。今天真把我吓得不轻，再不吸取教训也不可能。"

　　夏爸爸见夏妈妈软下来，也就算了："反正你这个人就是管不住这张嘴，我看暂时你别去那边了，人家外公外婆都在，去了再惹出什么新的矛盾来，不好处。尤其夏曦，夹在当中更不好做人。"

　　夏妈妈想了想，说："我就是担心夏曦太忙太累。"

　　夏爸爸又有点不悦了："你这个人，我说的话你总是不听。我跟你讲，你去好了，要是惹毛了他们一家子，你儿子更倒霉。"

　　夏爸爸说完一甩手离开了厨房。

　　同一个晚上，关于宝宝跟妈妈睡还是外婆睡的问题，关泓和关妈妈也起了争执，关妈妈要把宝宝抱去跟自己一起睡，而且不许关泓开空调。

　　关泓要让宝宝睡在自己房间的小床上，外婆不允许，两个人谁也说服不了谁。夏曦出来打圆场，把宝宝抱去跟关妈妈睡。

　　夜里，宝宝哭了，关妈妈抱小孩去找关泓喂奶，可小两口睡着了，推也推不起来，关妈妈只好把孩子抱去喂配方奶。

　　喂完奶，关妈妈和宝宝睡着了。

　　不久，关泓被奶涨醒了，起床去喂奶，但宝宝才吃过牛奶，不肯吃妈妈的奶，大哭了一场。

　　关泓不想再喂了，怕孩子哭多了会得小肠气，关妈妈却执意要给孩子喂奶，因为母乳对孩子有好处。

　　于是一场母女间的争执持续升温。

　　关泓说男孩跟女孩不一样，是不能多哭的。

关妈妈认为关泓话中有话，讥笑她没生过儿子。

关泓怪关妈妈，孩子哭了要吃奶就应该先抱给妈妈。关妈妈很委屈，刚才明明去找你们了，体谅你们太辛苦才没硬把你们叫醒。再说了，妈妈那一点奶又不够孩子吃的，何必一家人全爬起来呢？

关泓说，归根到底孩子应该跟妈妈睡。

其实大家都有道理，每个人都是为了孩子好，但两人却越吵越激烈，夏曦连忙劝开了她们。

关泓抱走孩子，关上了房门，不许关妈妈进来。

关泓跟夏曦抱怨说，自己跟妈妈是没办法好好相处的，关妈妈这个人太神经质，是典型的小事化大，大事走极端，喂奶的事情只是开始，估计这之后矛盾会越来越多。

"讲起来还是我亲妈呢，你看，在我坐月子的时候就这样对待我，她的心里只有她自己，完全不体谅我。"

夏曦让关泓尽量和缓一点，毕竟人家是来帮忙的。

关泓不高兴了，觉得夏曦好像是在埋怨自己挑事。

两人一言不合，差点又吵起来。

夏曦躺在床上，觉得很失望，没想到生活变得这样一片硝烟。

关泓的心里也不好受，一天都不到的时间里，自己已经和夏曦发生了好几次争吵，所谓的爱情，并没有迅速升华为融洽的亲情，倒有一种即将走向死亡的态势。而且这样下去，孩子会在一个争吵不断的家庭环境中长大，能有什么好性格？

想到儿子，关泓更加睡不着了，爷爷奶奶不靠谱，外公外婆有严重的性格缺陷，本来觉得夏曦是个温和的人，可看今天的表现，也有十分幼稚的一面，有这样的家长，孩子怎么会幸福开心呢？

那一瞬间，关泓很想抱着孩子离开这个让人失望的家。可是，就靠自己一个人，能把孩子带大吗？

关泓越想越绝望，忍不住靠在床头抽泣起来。

夏曦吓了一跳，连忙坐起来："怎么了？你怎么了？"

关泓说："我觉得没希望了，不想活了，我也不想让孩子在这么痛苦的环境下长大，我跟他一起跳楼算了。"

夏曦吓了一跳，又累又困的他觉得关泓还真是不省事，不就是点家庭琐事嘛，值得这样吗？

夏曦有点不耐烦地说："你又说月子里不能哭，会哭坏眼睛，可是没有什么事情你就这样哭，不是跟自己过不去吗？"

关泓更加绝望了，她觉得夏曦的话冷冰冰的，完全没有一点体贴的意思。

果然，结了婚，男人就跟恋爱的时候完全不同，现在生了孩子，更是不把老婆当回事了。

关泓记得以前舞蹈学院有个一直没结婚的老师告诉过她："别人越不把你当回事，你越要对自己好一点，不然就输了。"

想到这儿，她擦干了眼泪，沉默地躺了下来。

关泓不哭了，夏曦心里反而没底了，不知道关泓是听了他的话情绪稳定了呢，还是更加不高兴了。

他叹了口气，坐了起来。

"对不起，刚才我的态度不好。"

"不，你说的没什么不对。"

"不不不，的确你妈的态度是有不好的地方，可是他们要留在这里照顾你，你总不能一直就这样跟他们没完没了地吵架吧？"

"反正不关你的事。"关泓赌气地说。

夏曦明白了，关泓是更生气了，而不是想通了。

夏曦也不喜欢他的丈母娘，但这是关泓母女之间的矛盾，他也没办法说得更多，只能想办法转移话题。

"算了，反正你妈就是这样，要她改变也难，你就将就一下，要么过几天还是让我妈来照顾你吧。"

"你妈？她明天不来吗？"关泓诧异地说。

"没人说要她来啊！你妈不是说他们留在这儿照顾你，叫我爸妈回去吗？"

"她怎么能作我们家的主呢，这就是我最烦她的地方，说住就住下来了，可什么事情也做不了。你妈不来怎么行啊？菜谁买？衣服谁洗？你指望我妈？我告诉你，我妈我爸在这方面都是指望不上的。"

夏曦心想，既然什么都干不了，那住在我们家里干什么呢？但是见关泓的情绪已经很糟糕了，他也不好再雪上加霜，只好说："那我明天一早叫我妈来。"

"不，你现在就打电话，让你妈明天带了菜和早饭来。"

夏曦跟关泓吵架吵得头昏脑胀的，也不知道时间，拿起手机刚打算打电话，一看，已经快一点了。

"哟，这么晚了，明天早上再打吧。"

"晚什么晚，她要是在这里带孩子的话，这会儿哪有得睡？"

那边，夏爸爸躺在床上想着自己的小孙子，还在为白天的事情生着闷气。

夏妈妈则为夏晨的婚事感到担忧，夏晨好不容易处了一个男朋友，要是因为房子的问题没成，还真是对不起她。

夏爸爸不以为然，女人嫁人考虑什么房子，这本来就应该是男人的责任，反正我们给她准备了嫁妆，足够把她风风光光嫁出去。要是真因为这种事情结不了婚，我看这男人也要不得！

夏妈妈担忧一碗水端不平，夏爸爸却觉得能把她养到独立，已经很不容易了，就算她亲生父母在，也对得起他们了。

夏妈妈连忙叫夏爸爸小声，毕竟夏晨不知道自己是养女，这秘密最好带进坟墓里，别再提起了。

没想到吧，如此跋扈的夏晨，其实只是夏家的养女，这又是另一个故事了，我们暂且不表。不过，看起来夏晨想用夏家的房子结婚的小算盘，基本上是没有可能达成了。

夏晨自然完全被蒙在鼓里，她还在煲着电话粥，和展衍计划着他们的未来呢。

夏爸爸还想跟夏妈妈再说说白天发生的事情，回身一看见夏妈妈已经扯起了微鼾，也只能关灯睡觉了。

这边关泓催着夏曦打电话，夏曦觉得毕竟是特殊情况，于是还是一个电话打过去。夏爸爸、夏妈妈、夏晨都睡着了，夜里的一阵电话铃把大家惊醒，奶奶吓得一翻身掉在了地上，爬起来就问："会不会是宝宝出什么事了？"

夏曦交待要夏妈妈明天买点菜，早点来，最好带点豆浆包子什么的来当早饭。

夏爸爸挂了电话就怒了："搞什么名堂，就为了买菜这点事，大半夜的把全家人吵起来。"

夏晨也被电话铃吵醒，睡眼惺忪地赶来，听说只是要夏妈妈去买菜，立刻添油加醋。

"就是啊，他们四个大人带一个孩子，还腾不出人去买菜？不是说外婆外公很能干，用不着我们插手吗？就是要我们买菜，犯得着大半夜打来吗？把人吓得，还以为是午夜凶铃呢！干脆这样，我现在就给他们送菜去，他们不让我睡觉，我也不让他们睡，大家一起熬通宵算了。这家人，真是王八蛋，不让你们住在咱们家买的房子里，还好意思让你买菜。"

夏妈妈倒是觉得很满足，心里想："没我还真就不行啊。"

嘴巴上自然息事宁人。

"人家肯定是刚喂完孩子，想到这事了就打个电话来说，我们要是在那边带孩子的话，一个夜里还不得起来好几趟？这种特殊时候，大家都忍忍让让，毕竟是添丁进口的喜事，是我们添了孙子，受点气不算什么，再说别闹得不好见面。"

好不容易把夏爸爸和夏晨安抚住，夏妈妈把闹钟开到了六点，这才去睡觉。

第二天一早，夏妈妈去买菜了，夏爸爸醒来，发现夏晨已经出门了。

夏晨闯到夏曦家，门铃按得震天响，把宝宝吓得大哭。

夏晨冲进来就要关爸爸、关妈妈搬出去，她的意思很清楚，这房子关家一分钱也没出，是夏家两老一辈子的积蓄买的，这里面的不少钱是夏妈妈下岗以后做钟点工挣来的，都是血汗钱，给弟弟没意见，但不能便宜了别人。

夏爸爸见夏晨已经出门了，知道她要坏事，连忙赶来。

这边关妈妈已经爆发了。

"你们买了房子有什么了不起，那是天经地义的。娶媳妇那么简单？现在哪家儿子结婚不是婆家买房买车的？不跟你要个洋房别墅算我们嫁得贱！你们家夏曦有什么，就这么个破小两房，还有贷款。再说了你们家孙子还不是在我们家女儿肚子里住了十个月才爬出来的？没有我女儿，能有你们大孙子吗？你们看看这么可爱的孙子可是无价之宝，一套房子算什么？别说住了，你们家送我们一套房子都应该。"

关泓觉得妈妈这样撒泼一样地大发雷霆，实在不体面，于是有点不高兴地拦住她："好了，妈，你别说了。"

关妈妈更加不高兴了："你们看看，她对我什么态度？要不是女儿对我态度不好，她一个没出嫁的姑子敢来兴师问罪？好好好，我们还不是为你们夏家照顾媳妇和孙子才受这等闲气的吗？昨天是你们求我才留下来的，现在说开来也好，我们乐得回去过快活日子，我们这就走。"

夏爸爸求之不得，说："这也是，既然你们母女处不好，我们也不好意思让外婆外公太受累，所以今天起我们接你们的班。还是我们来照顾好了。"

没想到关妈妈更不爽了："怎么，这是赶我们走？我告诉你们，就凭你这句话，我还就不走了，谁赶我我都不能走，我要是走了，别人要说我的，自己女儿坐月子不照顾，怎么行？你们不懂事，我可不是这么不懂事的人。"

关妈妈虎着脸进了房间，砰地关上了门，而关爸爸则自始至终都没出来。

一场闹剧更加证实，这一家子是铁了心要住在这里，认清了形势的夏晨得不到夏爸爸和夏曦的支持，只能气呼呼地离开了夏曦家。

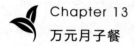

Chapter 13
万元月子餐

关泓父母躲进了小房间，还把电视机的声音开得很响。

夏妈妈买了菜来就立刻进了厨房，热火朝天地忙了起来。她还不知道，夏晨已经来大闹了一场。

夏爸爸坐在客厅里，留也不是走也不是。夏晨来过的事情，爷爷没跟奶奶说，他是个好面子的人，计划着等奶奶回家了再跟她讨论。

不过，爷爷也知道跟奶奶说了也是白搭，因为夏晨是养女的关系，奶奶对她一直是比较偏袒的，每次爷爷要训斥夏晨，奶奶总会劝阻。

"她是个可怜的孤儿，我们不过给她两餐饭吃，何必对她那么严厉？"

天长日久，夏晨在夏家才会变得这么嚣张跋扈。

父母的好意，有时对孩子不见得就会产生成正比的好性格。

关泓见孩子醒了，抱着他走出来。爷爷终于又看见孩子，忍不住眉开眼笑，想起昨天连红包都没给，连忙交给关泓。

关泓接过红包，放在茶几上，把孩子递给了爷爷。爷爷怀里抱着孩子，看着他酷似夏曦小时候的脸，什么委屈烦恼愤怒全挥发了，只剩一脸的笑。

苑苑打来电话，提醒关泓去办生育保险，她已经办好了，有一万多。

苑苑是个乐天派，自己一个人在家带孩子。据说她婆婆是个老中医，工作很忙，妈妈好像也有什么原因，不能来帮她带孩子，她也乐呵呵地无所谓。

因为家里吵得一团乱，关泓倒不由得羡慕苑苑那边的清净自在。尤其是月子里的孩子大部分时间在睡觉，显得特别安静，所以更觉得外公外婆爷爷奶奶四个人八只手的多余。

苑苑安慰她，日后孩子大起来，事情会越来越多，家里人多一点总是好的，何况关泓总要上班，孩子交给自己人，总是放心得多。

苑苑有半年的产假，一想到自己半年后就要把孩子交给陌生的保姆，苑苑也不是不担忧的。

两个人互相安慰着，心情好像都好了一些。

生孩子的时候，有相同经验的两个人之间有说不完的话题，就好像在漆黑的路上摸索，遇到一个人可以手拉手前进的话，心里会踏实不少吧。

挂了苑苑的电话，关泓上网去查办生育保险的程序。然后在一个育儿论坛里，她看见了关于"月子餐"的话题，被深深吸引了。

据说，很多明星都吃这种月子餐，营养好，孩子长得很健康，而且还有助于体型的恢复。

关泓照了照镜子，觉得自己就像一个被水泡了很久的馒头，完全稀松变形了。她决定，也给自己订一套月子餐。

关于女人坐月子的问题，近年来已经成了一种产业——月嫂、月子中心、月子餐，只要在前缀上加上"月子"二字，价钱就飞涨起来。

关泓根据网上查到的电话，找了一家口碑比较好的打去咨询，没想到最便宜的也要万元左右一套。

更让关泓没想到的是，这么贵的月子餐，居然有很多人都在用，有的新妈妈还在怀孕的时候就已经去参加试吃了，就为了能订到一套满意的月子餐。

人有的时候会有这种脆弱的从众心理，见别人已经走在前面了，更加会觉得自己落后得太多。

本来被万元的价格吓到了的关泓，听出了客服语气中"我们的确是比较贵的，你再考虑一下"的意思之后，越发觉得一定有很多有钱人已经在享用月子餐了,他们的孩子,得到的奶水的质量自然也就比较"贵族"一点。为了不让自己的儿子比别人落后,关泓立刻决定,订一份!

女人买东西常常是这样的,为了某种虚无缥缈的感觉,一掷千金。

一个人独立了好几年的关泓,习惯了我行我素独来独往,所以她在下了订单之后,也没觉得需要通知家里的其他人。

她想到的只是去点算一下身边的现款,看够不够支付这张订单。

我还是我,结没结婚生没生孩子,我都还是原来的那个我,这是很多年轻人的心理状态。但其实,结了婚生了孩子,家里的长辈就会觉得你的事就是他的事,如果你没有知会他,他会觉得是一种轻慢。

会不会做人,也就是看有没有把握这一点点小小的分寸感。

当然结婚的好处关泓也是深深体会到了,尤其是现在当她发现自己身边只有六千元钱,不够付月子餐的钱时,她随手打开了爷爷拿来的红包——五千元。

嗯,这样钱就够了。

关泓简单地盘算了一下,把自己的钱和爷爷拿来的红包放在了一起,愉快地哼起了歌。

气呼呼的夏晨到了公司,展衍打电话跟她说自己的上海户口落实了,但没地方落。他想落在夏家,又觉得这一定是件为难的事情,夏晨答应帮他想办法。

其实夏晨并没有什么办法可想,在上海,把一个陌生人的户口落进自己的家,几乎是不可能的事情,多少兄弟姐妹父母子女的关系恶化都是从落户口的事情上开始的。夏晨深知自己的父母也不会轻易同意,所以她虽然答应下来,但其实并不知道该怎么跟父母开口。

"爸妈,我谈了一个外地的男朋友,他要把户口落在我们家,可以吗?"

如果就这样直截了当去问,肯定会被父母大骂一顿,在父亲看来,一个男人,成家立业要承担全部的责任,所以他才会倾尽所有为夏曦买房。

而且，夏晨18岁的时候父亲就跟她说过，以后你结婚时眼睛睁睁大，找个有担当的男人。

话虽然没错，夏晨也依照这个标准再找，但找了这么多年，居然没有找到。现在这个展衍，话倒说得很符合夏爸爸的要求，总说要靠自己的力量如何如何，但实际上却提出一个最棘手的需求。

正在郁闷的时候，公司通知夏晨有新的项目，要她去开会。

会议上夏晨被老板安排去做"试睡员"，需要在半年里不断出差，考察某个连锁酒店的服务状况。

唉，真是屋漏偏逢连夜雨，这一下聚少离多，好不容易才热起来的恋情会不会就此转淡呢，这逼得夏晨不得不认真考虑男友的要求。

但夏晨跟关泓不同的地方在于，很多事情她都要经过深思熟虑之后才会跟父母商量。虽然夏晨并不知道自己是夏家的养女，但是在潜意识里她还是觉得，父母跟弟弟之间是十分亲厚的，但跟她，似乎总有点什么隔阂。

小时候，打雷，母亲会把弟弟搂在怀里，温柔地安慰他，而她，因为是姐姐，所以只能自己捂着耳朵躲在被窝里。

弟弟填大学志愿的时候，父母四处找人打听，就希望给他选择一个热门的专业。而她，中考高考他们都不过问，就这么任她自生自灭。

高考没考好，只上了大专，父亲说："也好，早两年工作，家里负担轻一点。"

一个家里，厚此薄彼，总有人心知肚明。

所以，一旦需要父母为她做什么，她都需要考虑周到，生怕被打了回票。

这一天，前次闪亮出场的夏曦的奶奶，现在是太奶奶的前资本家姨太太打电话给儿子，要儿子接他去看孙子和曾孙子。

夏爸爸告诉她现在是亲家母在帮媳妇坐月子，而且媳妇发话了，不太方便上门。奶奶变成了太奶奶，气焰也更炽烈了，闻言不爽。

"我们夏家的孙子，想看就去看，何况那房子是你们买的，装修费还是我的棺材本贴进去的，怎么我们倒要人批准才能去了？再说了，你自己的孙子就这么不闻不问像什么样子！"

夏爸爸只好将关泓的话悉数告之，太奶奶听说不让看的理由竟然是怕带去细菌，更是勃然大怒："竟然把我当成了传染源，看来还得把我铲除焚烧了不成？我还真不信了，今天非得去看看。"

夏爸爸见太奶奶情绪不佳，吓得没敢说接孩子那天差点把孩子弄丢了的事。

太奶奶一声令下，夏晨乐得看戏，立刻打车带上爸妈接上新晋的"太奶奶"，浩浩荡荡一行四人杀去夏曦家。

为了给关家一个下马威，夏晨也不敲门，直接就用的钥匙开门进去。

客厅里外公正开着电视打电话，高谈阔论，猛不丁看见夏家大队人马杀到，吃了一惊，但转而又不得不挂了电话笑脸相迎。

宝宝正在房里睡觉，太奶奶走进去就大声吩咐夏晨："把电视关了，看把我的宝贝曾孙子给吵醒了。"

外公有点尴尬，连忙关了电视。

太奶奶刚在沙发上坐定，里屋的宝宝还真的醒了，关泓一边抱起孩子安抚着，一边走了出来。

太奶奶毫不客气地说："听说你们不欢迎别人来看孩子，不过我老太婆脸皮很厚的，人家不让我来我也得来。他太爷爷不在了，我去见他的日子也不远了，我不来看不行啊，要是哪天一脚去了，见到他太爷爷，问起，我们的曾孙子长什么样啊？我答不出来，尴尬哇？"

外婆笑着说："这不会的，关泓早就准备好了照片，正等着夏曦有空给您送过去呢。"

太奶奶笑笑说："你们想的倒蛮周到的。不过，孩子的照片能拿过去，这个宝贝却是要我亲手给他的。"

太奶奶从手袋里拿出一个红丝绒布做的小口袋，从里面倒出一根小黄鱼。

夏晨下意识羡慕地说："哦哟，奶奶，你也够大方的。"

太奶奶得意地说："那是，这根小黄鱼还是解放前留下来的，'文化大革命'时我藏在胸口才逃过了抄家，困难时期也没舍得拿去换米换粮。就连夏曦生出来我也没出手，我就相信，我等得到四世同堂的这一天。"

外婆羡慕地看了看，啧啧称奇："哦，这就是小黄鱼啊，我还没见过。"

太奶奶冷笑了一声："哼哼，我们夏家，当年也是不得了的人家，夏曦爸爸生出来的时候，三房隔一子，那也是不得了的宝贝，你们现在这种算什么排场？他可是专门请了奶妈来喂奶，洗衣服有专门的老妈子的。我坐月子的时候，两个丫头伺候，专门一个厨子做饭给我吃。好在我们是见过世面的，不然的话，还不被别人看扁了？"

关泓抱着孩子，被太奶奶一番数落，见爷爷奶奶面色尴尬，估计是他们把自己的原话搬给了太奶奶，心里很是不爽，想这两个人总是成事不足败事有余。

觉察到关泓微微有点不高兴，太奶奶立刻又把话收了回来："不过，我倒赞成孩子带得精细一点，现在就一个孩子，的确是一点差错都不能出啊。来，泓泓，帮宝宝把太奶奶的见面礼收起来。"

一边说，一边就把小黄鱼塞到了关泓的手里。

关泓还真没拿过金条，没有思想准备，金条一入手，就觉得打手，连忙用力握住。

就这么一交接，太奶奶已经把孩子接到了手里。

"唉哟，拼着这条老命也要抱抱我的曾孙子，结棍的，这小子，抱在手里还蛮沉的呢。"

太奶奶一边说一边坐回到沙发上。

太奶奶抱了不到五分钟,就抱不动了,奶奶乘机抱过宝宝,美滋滋的。

可宝宝突然大哭起来,哭得有点嘶心裂肺。

关泓立刻紧张地抢过孩子。

"这孩子,跟奶奶总是不亲,不知道是不是因为出院那天在奶奶手上吃了惊吓的缘故。"

外婆添油加醋地讲起出院那天差点把孩子弄丢的事情。

太奶奶一听吓坏了,她立刻摆出太奶奶的架子,教育奶奶,一定要将功补过,好好表现。她让奶奶今天就别回去了,没地方住就睡沙发。

"这是我们夏家的根,你们带出什么差池来,我要是下去见了老祖宗是要告你们的状的。"

关泓想要出言反对,想想还是停住了,毕竟得给太奶奶一个面子。

就这样,老太太出马,奶奶留在了夏曦家。

关泓义正辞严地警告夏曦,为了防止上次的意外,没有她的同意,不可以让奶奶把孩子带出家门。

夏晨没想到去看热闹,结果倒把妈给赔了进去。

爷爷也犯了嘀咕,奶奶不在家,这三餐饭谁做啊?还有洗洗涮涮的事情不都得自己动手了嘛。

夏晨也意识到,自己衣来伸手,饭来张口的好日子没了。

各人有各人的想法,奶奶一想到可以留在这里24小时照顾儿子孙子,乐得忘了老公和女儿。

原先做过厨师的奶奶想给关泓好好做点吃的,没想到菜都被外公外婆吃掉了。而关泓吃的是外面送来的月子餐,听说就这么点汤汤水水,却要一万元一套,而且吃这种月子餐的好多都是明星。奶奶心里犯了嘀咕,她忍不住找夏曦发起了牢骚。

"你老婆订这月子餐跟你商量了没有?这么贵,能不能退啊?反正我住下来了,每天能做新鲜的给她吃,你问问她看看,还是退了吧。"

夏曦也觉得这月子餐太贵，所以晚上关泓洗澡的时候，夏曦跟进浴室，做起了她的思想工作。

"我说，你那月子餐好不好退啊？现在我妈在这里，可以每天做好吃的给你吃，又新鲜又营养，你看呢？"

关泓笑了一下，给他三个字："不好退。"

夏曦还想再沟通试试："是因为已经开始吃了不好退呢，还是？"

"为什么要退啊？这月子餐直接关系到母乳的质量，还能帮助我尽早恢复体型。我也是经过认真考虑才买的，毕竟是一生才一次的事情，你是不是觉得贵？"

夏曦看看关泓微笑但没商量的脸，决定撤退。

奶奶见夏曦没有说服关泓，想自己跟她去说，被爷爷拦住了。

"你最好给我省省，别惹得她不高兴。"

外公正好听见他们的对话，神秘兮兮地走过来说："是的，我才看报纸上说的，产妇如果心情不好，奶就会发臭，你们要想宝宝吃到高质量的奶，千万别惹她不开心。"

奶奶一听，连忙缩了回去。

话不说，但又实在是不放心，钱退不回来倒在其次，这些原料不明的东西吃下去，变成奶水给宝宝喝了，能有营养吗？

奶奶灵机一动，用自己炖的汤李代桃僵，看着关泓将自己炖的猪脚汤喝得精光，奶奶很高兴。

自打奶奶伴下以后，外婆陪孩子，奶奶做家务，关泓能安心休息，倒也其乐融融了一段。但好景不长，月子还没做完，关泓和外婆又起了矛盾。

因为是混合喂养，宝宝越来越不爱吸关泓的奶头，每天喂奶宝宝都要大哭一场。关泓心疼孩子，想放弃，外婆却执意要她逼孩子吃，关泓心里十分委屈。

"妈，这是我的亲生儿子，你这种逼着我给他吃奶的态度，搞得我好像是他的后妈一样，这个天底下，还能有谁比我更疼他吗？"

外婆却不罢休："我还不是为你好？我这一辈子，哪件事情不是为你？要不是你，我——"

外婆像背书一样又打算说上一通。

关泓怀里的孩子可能是感受到了妈妈烦躁的心态，大哭起来。

关泓立刻因为心疼孩子而火冒三丈："妈，看，又是你把他惹哭了，请你出去吧，好吗？真是受不了你！"

外婆还要恋战，突然门铃响了，打断了这段无谓的争执。

苑苑正好来看关泓，见宝宝哭得太厉害，劝关泓放弃，因为男孩子真的不能多哭，哭坏了要得小肠气。

关泓闻言更加厌烦外婆的催逼。

外婆也拉住苑苑讲述自己的担忧，原来关泓小时候没吃过母乳，身体一直不好，所以外婆才会执意要让外孙吃上母乳。

苑苑说自己家里有个吸奶器，是刚出院的时候买的，也许是因为奶水好，他们家孩子都是自己吃，所以最近已经不用了，可以拿来给关泓用，这样孩子就能吃上母乳，只是母亲会辛苦一点。

外婆一听，苑苑明显向着关泓这边，觉得没劲，讪讪地走了。

苑苑月子都没出就来找关泓，原来是想向奶奶打听保姆的情况，作为培训师的她，因为"一茶一坐"的门店增长速度快，人手不够，所以很可能需要她提前回去上班，她急需找一个合适的保姆，磨合两个多月，就要把孩子交给保姆，然后恢复工作。

关泓问她为什么不找家里的长辈来帮忙带呢？

苑苑叹了口气，原来家家有本难念的经。

苑苑的老公张钦工作很忙，而公婆早就离异了，张钦是判给父亲的，多年没和母亲联系了。去年父亲去世后母亲才找到张钦，所以，母子很生疏。

　　而苑苑的妈妈新近养了一条狗，如果要带孩子的话，苑苑妈要苑苑每天把孩子送到她家去，因为她不舍得她的狗。自然，苑苑和老公张钦都不同意。张钦的妈妈倒是愿意来带，但是苑苑和张钦的房子只有一室户，和婆婆一起住她觉得不方便。所以，苑苑想找一个白天来晚上走的上海阿姨，问问看奶奶这里有没有同行可以推荐，毕竟要把孩子和家都交给别人总是不放心外地人的。

　　奶奶十分热心，立刻就帮苑苑打起了电话，找到一个很有经验的卞阿姨，第二天去试工。

　　关泓跟夏曦商量，要是苑苑家的阿姨用得好，他们也可以用一个住家保姆，把外公外婆爷爷奶奶都打发回家去，一家三口其乐融融。免得家里整天口角不断，对孩子实在没什么好处。

　　夏曦总是无所谓，对他来说，家里的事情最好都由关泓拿主意。因为他通过不断的磨合已经弄明白一个道理，只有关泓决定的，在这个家才是对的，所以他的主要任务就是在关泓提出建议的时候，点头，表示赞同。

　　这边关泓和夏曦在畅想着美好未来，那边外婆在厨房里大喊大叫起来，关泓叹了口气，又出门去做协调员。

　　原来外婆发现奶奶把一些汤水倒进了关泓月子餐的罐头。外婆质问奶奶，倒进去的是什么，奶奶支支吾吾讲不清楚，外婆不依不饶地一定要奶奶讲清楚。

　　关泓也有点不高兴了，怎么我吃一个月子餐，你们就能生出这么多花样？虽然是贵了一点，但还不是为了奶水好，吃了对孩子好吗？

　　奶奶连忙解释，她没有动什么手脚，只是把月子餐的汤倒出来热一热。可外婆却端出了两碗汤，一碗是送来的月子餐，一碗是奶奶倒进去的汤。

　　夏曦有点受不了岳母这种咄咄逼人的态度，忍不住插嘴："你总不至于认为我妈要偷吃吧，就算对家里的保姆，也不能这种态度，有话不能好好说吗？"

"这有什么的，你妈本来不就是做保姆的吗？何必那么假惺惺的！"外婆的语气很尖锐，让人受不了。

奶奶倒是没说什么，夏曦跳了起来："做保姆怎么啦？你不也只是个社区医院挂号的吗？工作分什么贵贱？你老公还十几年都不上班呢，我最烦你们这种看不起人的态度。"

也许是大家都累了，生了孩子之后，家里的每个人脾气都变得易怒和暴躁，就连温文尔雅的夏曦，也忍不住和丈母娘翻起毛腔。

虽然关泓每天都和她妈产生激烈的冲突，但是一旦夏曦跟她妈有点不客气的苗头，可就不是那么容易过去了。

外婆本来就气呼呼的，这一下更觉得被女婿冒犯了，她的脸色一变，转身就跟外公说："乖乖不得了，合着人家早就看不上我们了，走走走，我也不是没有家可以回去，要不是看我女儿可怜，我才不在这里过这种寄人篱下的生活。"

关泓倒是想留，可才开口就说了一句不中听的："不要动不动就说走走走，有话不能好好说吗？"

"你们听听，这是帮着老公教育我啊。我真不知道自己在这里学什么活雷锋，你们谁也别留我，谁留我也不听。我这就走，你婆婆把你毒死，你做了鬼也别来找我！"

奶奶见事情闹大了，只好说出原委："亲家，你误会了，我是怕那月子餐没什么真材实料，所以特地炖了猪脚汤，给泓泓换换口味。"

"你听见了，她承认是她动了手脚，你现在知道孩子为什么不吃奶了吧？猪脚汤那么油，奶水也一定油腻，所以孩子不爱吃了！我跟你讲，关泓，千年不断娘家路，你只管偏帮他们家的人好了，我要不是为你好，我待在这里干什么？现在我算是全看明白了。"

外婆几乎气得跳起来，"你看到没有，他们今天把你的汤换了，明天还不知道能做出什么事情来。你别忘了，当初，她宁愿给你跪下，也不想你和他儿子结婚！现在你帮他们生好孙子了，你的任务也完成了，你等着，有你哭的那一天！"

"妈，你别这么生气，看把宝宝都吵醒了。"

关泓最怕她妈说这些走极端的话，正好在这节骨眼上，孩子哭了，她连忙进屋去哄孩子。

夏曦也觉得奶奶做的有点多余："妈，你也真是的，干吗这么多事，换什么汤嘛，这不是唯恐天下不乱嘛！"

外婆更加觉得委屈："哼哼，乱，有你们乱的时候，我们走！"

奶奶想劝劝外婆，可一开口，那话又被人误解了："关泓妈，关泓的月子还没做完，你们这就走了多不好，起码等她出了月子再走吧。"

"我就知道你们盼着我们走呢，反正这是你们家里的媳妇，你自己伺候吧！"

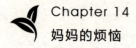

Chapter 14
妈妈的烦恼

外婆外公倒也雷厉风行，行李也不拿就走了。

爷爷得意地说："我算准了有这么一天。"

爷爷接到电话立刻过来接班，可是刚刚进门，关泓就来了一个下马威。外公外婆在这里时，有很多地方她看着就不顺眼，现在正好趁着机会做规矩，她列出七个注意事项，用记号笔写了，贴在冰箱上：

1. 外出回来洗手洗脸漱口换衣服。
2. 打喷嚏要捂嘴，然后洗手。
3. 上厕所抽马桶要盖盖子。
4. 每人每天必须洗头洗澡。
5. 有人要拜访，一律回绝，免得把流感之类的病毒传染给孩子。
6. 晚上八点以后看电视不许出声音，免得影响孩子睡眠。
7. 奶瓶用完必须消毒。

每一项都是为了宝宝的安全，爷爷奶奶只能照办，但多年的习惯却很难改变。

落在关泓眼里，简直步步惊心。

爷爷上完厕所抽水的时候就是会忘了盖盖子；大解的时候不开窗也不排风，弄得臭气冲天。

　　奶奶打喷嚏时经常手上在忙，没办法用手捂嘴。

　　所以关泓特地准备一瓶空气消毒剂，一发现，马上就喷，生怕细菌污染了孩子呼吸到的空气，弄得爷爷奶奶很尴尬。

　　她又跟在两老后面，不停监督他们洗手。

　　爷爷跟奶奶抱怨，奶奶让爷爷一定要忍，毕竟人家是为了咱孙子好。

　　夏曦也看不下去。

　　"你这是干什么，好像我爸妈身上都是毒气一样。"

　　"我还不是被逼无奈。你想，抽马桶的时候会形成一个涡形的气流，会把下水道和排泄物里的病毒和秽物拔到空气里，然后粘在人的身上，然后这个人再去抱孩子，孩子能不被感染吗？喷嚏就更不用我跟你解释了，飞沫的速度是很快的，还会长时间悬浮在空中，我这些要求你说过分吗？"

　　夏曦有点不解："我记得你之前是个芭蕾舞演员啊，怎么搞得好像是731部队的精英啊，这些知识是怎么到你的脑子里去的？"

　　关泓得意地笑了："我业余的兴趣爱好是看探索频道。再说，我是个学习型的妈妈，只要关于孩子养育方面的知识，我可以过目不忘。"

　　夏曦叹了口气："你没听说过，孩子是可以当猪养的。"

　　"呵呵，我还听说，更多的人是照书养的。并且我知道一点，妈妈是养育孩子方面的权威，在这个家里，关于孩子的问题，有人答应过——一切听我的！"

　　夏曦和关泓在房间里抬着杠，还未知胜负，偏偏那么巧，爷爷接了林素的一个电话，讨教服装上的一个专业问题，电话铃声把孩子吵醒了，大哭起来。

　　哭完之后孩子就不肯再睡了，这一下孩子的睡眠时间够不上专家建议的时间，据说六个月里面孩子的脑细胞还在发育，睡眠是关键。所以，一想到那严重的后果，关泓立刻拉长了脸。

于是冰箱上的七条家规又增补一条——手机开到振动档。

更让关泓不放心的是爷爷奶奶带孩子，没有记录的习惯，手上事情一多，立刻就乱了。孩子几点吃的奶，什么时候换的尿布，都记不起来，完全乱了套。

奶奶心里也有一点不明白，这几天她一抱孩子，孩子就哭得声嘶力竭。

大家一起找原因，不是饿，不是渴，不是要睡觉，最后发现，是孩子的屁股红了。小屁股又红又肿，看起来触目惊心。

这下大家都急了，夏曦立刻上网，发现红屁股的主要原因是尿布和内衣没洗干净。奶奶立刻成了罪魁祸首，因为衣服都是她亲手洗的。

夏曦又查，还有一个原因是尿布换得不够勤，关泓立刻去查育儿日记，才发现爷爷奶奶一直没好好记。

这一次关泓找到机会发挥了，她指着冰箱上的告示贴，历数爷爷奶奶的"罪状"，还说要请专业的育儿嫂来带孩子。

爷爷气得要命，这个媳妇太嚣张，我们忙得筋疲力尽，还讨不了好。

发了一通火，爷爷回家了，不在儿子家住了。

奶奶却舍不得，继续留在夏曦家。

孩子屁股一红，关泓没了方向，立刻打电话把外婆请来。

外公带来很多偏方，都是治红屁股的，要奶奶一个个试。

外婆则说是因为尿不湿不透气，还是棉布的尿布好。

回家生着闷气的爷爷，听说孙子要棉尿布，立刻走东家串西家要来旧被套，连夜赶制尿布，洗好熨好一早送来。可关泓不愿意用，让夏曦去买了纱布尿布来。爷爷又讨了个没趣。

但对孩子的关心让爷爷没时间发脾气，几个大人盯着孩子的屁股，恨不得下一分钟就消肿。

一番折腾，孩子的红屁股也不知是因为什么忽然又好了，外公外婆都说是自己的功劳，这孩子还是不能给爷爷奶奶带，于是不由分说又搬了回来。爷爷本来就搬回了家，现在更是催着奶奶回家住。

外公外婆发现只不过离开短短几天，孩子就跟奶奶好起来了，嫉妒得要命。

正好这一天奶奶抱完孩子之后，关泓发现孩子身上有一股油烟味，外公趁机列举油烟对孩子的坏处，几乎像毒气弹一样致命。

关泓赶紧把孩子带进浴室，洗头洗澡换衣服，自此之后，家里又多了一条规矩，做饭后不能抱孩子。

可奶奶实在想抱孙子，就向夏曦要了半小时的时间，每天洗头洗澡换好衣服抱孩子。但奶奶没想到的是，每次她一去洗澡，外婆就会想办法哄孩子睡觉，十次有九次不让奶奶抱到手。

看着奶奶失落的样子，关泓和夏曦也不好受，可外婆就是抱着孩子不放手，别人还真没什么办法。

张钦和苑苑为了孩子的事情也在家里闹上了，原因是朵朵感冒了。

说到孩子的感冒，大人总会找原因，苑苑分析下来是她自己感冒了，传染给了卞阿姨，然后卞阿姨传染给了朵朵。

苑苑委婉地请卞阿姨回去休息几天，等感冒好了再来。没想到卞阿姨的耿劲儿上来了，她觉得苑苑叫她回家，是怪她把感冒传染给了孩子，居然一生气就不做了。

孩子发烧难受吐得一塌糊涂，苑苑的心情也糟糕透了。

"人家的爷爷奶奶带宝宝全程全包，我们临时找个帮忙的也不行。现在这个阿姨，别的都好，但就是胆子大，跟她交待什么，她都不听，动不动就跟你辩，凶得不得了，难怪姓卞。"

张钦说："当初我妈要带，不是你要强，非要自己带吗？怎么女强人后悔了？要是我妈来带，也不至于如此。"

"我抱怨卞阿姨，跟你妈有什么关系？"心情不好，苑苑讲话也很冲。

"怎么会没关系，是你说爷爷奶奶都不帮忙的啊。爷爷怎么帮忙？他不是不在了吗？至于奶奶，我妈可是自始至终愿意帮忙的，是你拒人于千里之外。你也别光抱怨我妈，你妈呢？情愿要狗也不管外孙女，这才是极品。"

张钦这几天公司里不太顺，说话也很刻薄。

夫妻俩吵架的时候，朵朵又呕吐起来，两人连忙停战。张钦说打电话跟张钦妈妈请教一下，苑苑却执意要带孩子去医院输液。张钦叫车去了，苑苑干练地包好孩子，拿上包，锁门上电梯，抱孩子下楼。

夏曦参加了一个微博群，是关于解救拐卖儿童的，听说抓到几个罪犯却都只判了很少的几年，十分气愤，天天挂在网上发表言论。

关泓夜里醒来，孩子在哭，夏曦也不喂奶，还在起劲地打着字。

关泓困得眼睛也睁不开，一边给孩子冲奶一边就抱怨上了。

"你每天就跟微博拼命，孩子的事情怎么完全不关心？"

夏曦正在义愤填膺地谴责人贩子，情绪带入了和关泓的对话。

"你们这么一大堆人吵吵闹闹还不够吗？你也先别管我，看看你爸妈，一天到晚还不是跟电视拼命？你先管管他们。"

孩子出生之后，这种随口抬杠的情况几乎每时每刻都在上演，关泓和夏曦，外公和爷爷，外婆和关泓，总之不管遇上孩子的什么问题，小到穿什么衣服，大到一顿吃多少奶，谁也说服不了谁。

关泓一想到这个问题，就焦急得睡不着，她怕这种硝烟弥漫的家庭氛围对孩子的性格培养不利。

一起生孩子的妈妈，经常会结成一种伙伴和同盟式的关系，因为在相同的育儿阶段，大家的烦恼往往是一样的。

于是关泓想到了苑苑，不知道她家那个上海阿姨用得怎么样。

苑苑刚从医院回来，累得筋疲力尽，听说关泓想放弃爷爷奶奶外公外婆，让保姆带孩子，立刻反对。

"我是逼上梁山，爷爷奶奶外公外婆各有各的问题，才不得不找人带。可是你看看，付出的代价就是，在医院排了六个小时的队。我们家那个阿姨，感冒了请她戴个口罩，比杀了她还难过。我请她休息几天再来，人家干脆炒我的鱿鱼，这种事情奶奶外婆总是不会做的，对吧？那些性格培养什么的，以后再考虑吧，现在孩子的健康更重要。"

能劝人的人劝不了自己，这边羡慕关泓有家人帮忙，那边苑苑却是本能地把婆婆往外推。

朵朵的感冒一直不好，持续发烧，苑苑很着急，卞阿姨走了，新阿姨一时没找到，只能把张钦的妈妈找来了。

看着孩子痛苦的样子，张妈妈抱怨他们不给她打电话。张钦妈妈是祖传的中医，她最不主张给孩子输液和用抗生素。苑苑却是个最喜欢输液的妈妈，觉得这样孩子好得快，不赶快消炎退烧，怕把小病拖成大病。

等苑苑上班去了，张钦妈妈按照自己的方子给朵朵煎了中药喝下去。

第二天，朵朵的烧退了。

苑苑觉得是输液输好的，张钦妈妈叫张钦别告诉苑苑，免得产生矛盾。

夏晨和男友见面，展衍问她落户口的事情跟家里商量了吗，夏晨说这些天爸妈都很忙，没空坐下来谈这件事情，两个人越谈越不开心。展衍说，原来你还是看不起我不相信我，那我们干脆分手！

夏晨还想解释，可是展衍却冷冷地拂开她的手，扔下一句："我也是有自尊的，你不用跟我演戏，我知道你跟别人没什么不一样。"

夏晨只好硬着头皮回家，见夏爸爸在看报纸，就装作很随意的样子问："据说现在很多人家把女婿的户口也调到老婆娘家去的哦。"

"这年头，一沾上房子就有矛盾，像我们家这种使用权的房子更得当心，户口迁进来，他就享有使用权了。你看看这个新闻，就是户主好心让人家落了户口，结果房子差点被人家占掉。"

夏爸爸正好在报纸上看见骗房子的新闻，高谈阔论起来，夏晨只好讪讪地作罢。

夏妈妈打断两人的对话，说起想给孩子添几件衣服，夏爸爸自告奋勇第二天去办。

没想到夏爸爸去买衣服的时候，遇见了不应该遇见的人。林素正好也在考察一个新的店铺，跟夏爸爸不期而遇。

听说爷爷要给孙子买衣服，林素兴致勃勃一定要同往，夏爸爸一再拒绝，可人家说想顺便取取经，以后可以给自己的孙子买衣服，这下夏爸爸也就没法说什么了。

两个人在童装柜台正聊得起劲，林素甚至还想开拓童装市场，忽然她感到肚子一阵剧痛，然后就是猛烈的水泄。

夏爸爸只能送林素去医院，医生笔一挥，季节性的急性肠胃炎，输液。

这一折腾，把夏爸爸的时间耽误了，回到家，他跟夏妈妈没提林素的事，只说自己没看见合适的，改天再去。

夏爸爸是想这种事情说多了越描越黑，不如直接不提。

第二天，夏爸爸封了个红包交给关泓，让她自己去给孩子买衣服，关泓一高兴，把宝宝递到了爷爷手里。夏妈妈也趁机过来逗弄孩子，正在他们含饴弄孙享受天伦之乐的时候，一个想不到的人上门了。

林素带着进口的奶粉和尿布不请自来。

"老夏啊，我来看看我们孙子，唉哟，亲爱的，这活脱脱就是老夏家的人啊！"

夏曦不在家，关泓和外婆外公不知道这是何方神圣，但林素热情地一口一句我们孙子，倒让外公外婆犯嘀咕了，这么个时髦漂亮一身贵气的女人难道和爷爷有什么特殊关系吗？再加上林素不拘小节，说话间老叫爷爷"亲爱的"，讲到兴头上，还用手拍拍爷爷，更是让奶奶气得要命。

这个女人，简直是公然上门挑衅。

而且，话语间，林素对家里的事情了若指掌，孩子吃什么奶粉用什么尿布，就连上次红屁股的事，居然也知道。这些都是爷爷昨天陪林素输液的时候闲聊告诉她的，但落在奶奶眼里就是爷爷跟她一直在暗通款曲的铁证。

林素走后，外公外婆热烈地议论起她，向爷爷奶奶打探她的情况。爷爷推说是以前的老板，外婆含刀带枪地说："什么时候你们俩的孙子成了她的孙子，你们什么时候跟她成了我们啊？"

奶奶气得打落牙齿和泪吞，回到家就跟爷爷干上了。

"好啊，我为了你的儿子孙子一天到晚做牛做马。你倒好，趁着我不在家，就天天溜出去跟她卿卿我我。今天，你得给我交待清楚！"

夏爸爸怎么解释都无济于事，只好气急败坏地问夏妈妈，是不是打算跟他离婚，夏妈妈这才稍微冷静一点。夏爸爸趁机耐心解释，并且发毒誓说自己绝不和林素再见面，路上遇到也当不认识。

遇上这种原则问题，一直忍辱负重的夏妈妈也是不留情的，她让夏爸爸一定记住自己说的话，千万别不得好死。

夏爸爸只能苦笑，一把年纪了，醋劲儿还是那么大。

关泓趁着孩子睡着了，想打电话跟苑苑诉苦，没想到家家都有看起来过不去的坎。

睡眠严重不足的苑苑，脾气变得十分暴躁，动不动就发火，让张钦望而生畏，干脆躲在单位加班不回家。所以苑苑忙得连接电话的时间也没有，关泓劝她还是请婆婆来帮忙带带孩子，不然的话精神身体都吃不消。

苑苑也觉得自己接近失控，冷静下来想想如果婆婆能来帮忙的确没什么不好。

不过，人都是一样，劝过别人，但轮到自己，又很难理智。

才挂了苑苑的电话，关泓和夏曦又吵了起来。

原来关泓把夏曦交房贷的钱给用了。

关泓休产假，只拿基本工资，夏曦这几个月没完成销售任务，也只拿了底薪。看了福岛地震的新闻，关泓未雨绸缪，为了让孩子呼吸干净的空气，喝上卫生的水，她在网上又买了空气清洁器和净水器，加起来有小五千，她手边的钱用得差不多了，就自说自话用掉了夏曦还房贷的钱。

很多夫妇，在生孩子以前，还能有一笔清楚的经济账，等到孩子一出生，原先在经济上泾渭分明的两个人，再想算清楚，就没那么容易了。

而且，在中国夫妇的概念里，有了孩子，就真的成了一家人，一家人，又何来两笔账呢？

所以夏曦虽然跟关泓争执了几句，觉得她花钱没有节制，可是吵完之后，也只能找自己爸妈想办法。

上了年纪的人最怕欠钱，尤其听说欠的是银行的钱，可了不得。于是夏家老两口把手上平时放着的救命钱，给了夏曦救急。

夏曦走后，两人坐下来算账。

夏曦一大家子人吃饭，都是奶奶买菜，尤其是亲家夫妻，实在是要求高，一个不吃鱼，一个不吃肉，每天荤菜至少买两样，买鱼总要两条，买肉没有小二斤不够吃的，这一天的菜金都要上百。

而且水果牛奶鸡蛋，一样都不能缺。但人家来带孩子，总不好意思还跟别人要伙食费吧，六个大人吃饭，一个月再怎么节省，也要两千多，夏爸爸一个人的退休金就全折在上面了。

公用事业费和物业管理费，偶尔再给孩子买罐奶粉买袋尿布，一出手就将近三百，几个月下来，存折上只见出不见进。

这样简直就是坐吃山空。

孩子还没上幼儿园，这以后要钱的地方更多，每个月没有两三千打底，根本不够用，这钱哪里找去？

夏爸爸想到的财路，是到林素的公司去兼职。

夏妈妈一听立刻拒绝。这不是送羊入虎口嘛！

虽说夏爸爸赌咒发誓和林素真的没什么。但是日久生情，凭着女人的直觉，夏妈妈认定林素对爷爷情有独钟，朝夕相处，谁能保证不会在特定的时间擦出什么火花来？

这也要怪现在电视剧和小说，总是在不遗余力地描写男女出轨的细节，偶然的出差，不小心掉了钱包，应酬的时候喝醉了，都是出轨的线索，然后，一个家庭分崩离析。更何况，精心保养的林素，虽然不比夏妈妈小几岁，但看起来优雅漂亮，和终日操劳的夏妈妈，自然不可同日而语。

夏爸爸的一个提议，让这个善良的女人一夜没睡着，她想了很多，不断权衡，最终，钱压倒了一切。

这个家，需要用钱的地方太多了，女儿结婚要钱，儿子养孩子要钱，以后孙子上学的开销更大，省是省不出这么多钱的，只能让爷爷发挥余热。

所以，第二天早上，夏妈妈出人意外地同意了。

为了儿孙，不牺牲夏爸爸实在没有第二条路。

夏爸爸再三跟夏妈妈确认，毕竟才让他发了毒誓说不再见林素的，怎么又出尔反尔？

夏妈妈严肃地说："如果你三心二意，就别想在我活着的时候见到孙子！"

夏爸爸叹了口气，劝夏妈妈看待问题不要这么极端，眼前的当务之急是趁着这把老骨头还能榨榨，帮儿子女儿孙子多挣一点钱。

夏妈妈也很无奈，为了面子她提出一个要求，夏爸爸可以去林素公司打工，但一定要保密，连儿子女儿都不许告诉。

夏爸爸回到林素公司上班，林素大方地答应给他很高的工资。

可以一下子挣这么多钱，夏爸爸当然很兴奋，于是夏妈妈趁机求他答应把展衍的户口迁进来。夏爸爸担忧房子的产权问题，夏妈妈劝他看开点，如果夏晨真的喜欢这个人，和他在一起能幸福，大不了就把房子给夏晨。

"儿子的房子已经解决了，我们不能完全不管女儿吧？有了这个基础，他们以后自己买房子也容易。再说了，夏晨在老公面前也能有点发言权，虽说现在结婚大多数是男方出房子，可总不能因为房子把女儿逼到结不成婚的地步吧？"

夏爸爸叹了口气，是啊，这真的是实际问题，夏晨也老大不小了，再不结婚，等到什么时候生孩子啊？

夏爸爸想的比夏妈妈还要远一点，大房间让给夏晨结婚，老两口住小房间，反正白天要去儿子家带孩子，只是睡个觉而已，再挤也没关系。以后夏晨要是添了孩子，老两口大不了租房子住吧。

夏爸爸的思路之所以一下子被打开了，无非是因为到林素公司去打工，让他的经济能力得到了大幅度的提高，看待事物的角度也豁达多了。

人有的时候真的是很无奈，钱是万恶之源，但没有钱却是万万不能的。很多家庭的矛盾，跟性格的关系诚然很大，但如果经济相当宽松的话，可能问题解决起来又是不一样的境界了。

夏爸爸在跟女儿谈起自己的新想法时，甚至还畅想了一下，如果干得好，以后老两口也可以再买一套房子，到夏晨有能力买房的时候，把老房子买下，大家还可以贴补一点。

当然，他还是忍不住告诉夏晨，他去林素公司上班了。

这令夏晨很感动，同时也有点担忧。

早些年为了林素，老爸老妈闹过好一阵子。那个林素，是个很有能力的女老板，对老爸颇有点一往情深的意思，为了避嫌，老爸特地离开了她的公司。现在又回去上班，难道当年的那些问题都得到解决了吗？

不过夏晨现在没空多想老爸老妈的问题，她急着告诉展衍，他的户口问题可以解决了。

但让夏晨没想到的是，她去展衍所谓的宿舍找他，却遇到展衍和另一个女人亲热地坐在一起吃饭，而那个女人喊展衍——老公。

Chapter 15
转岗和失业

　　夏晨的婚事最终成了一个泡影，而且结局完全可以上报纸的社会版。

　　展衍不叫展衍，也没有所谓的研究生学历，他只是一个普通的销售员，而且早在三年前就结了婚。

　　本来，他只是把和夏晨的约会当成妻子怀孕期间的桃色消遣，所以在和夏晨约会的时候，他一直在努力降低成本，少花钱多取乐。

　　但是夏晨约他去了她们家之后，他爱上了那房子给他的家的感觉。听说这是个有使用权的老房子，他立刻有了新的念头。

　　他的妻子怀孕了，他希望自己的孩子能有一个好的开始，所以他想借新的户口政策解决他的上海户口，同时占有这个家。

　　我们很难去想象，什么样的人会这样堂而皇之地将别人家的财产据为己有，展衍这样的行为，一旦落实了，完全可以告他诈骗。

　　但是换一个角度呢？

　　如果一个女人看见一个已婚男人，觉得他很不错，产生了占有欲，并且最终拆散了他的家庭。在法律上，她好像没有犯法，在人情上，还会有很多人说——她这是追求爱情。

　　因为一切是在开始的时候就被发现了，所以夏晨只能大骂了他一顿，然后离开，带着一肚子的怨气。

　　人生很多时候就是这样，一个人情绪失控，然后像多米诺骨牌一样，扩散到很多人。

夏晨正好要去一家宾馆"试睡",而那家宾馆的门僮没替她拿行李,这个小帅哥,人长得很清秀,说话却很嚣张。本来这只是在表格上打个"×"就能解决的事情,但夏晨却决定将一肚子气撒在他身上,她跟经理投诉他,害他丢了工作。

现在人与人之间的关系,变得直接和冷漠了。

夏晨因为被展衍欺骗而对男人失望,转而将气发泄在工作上。

小门僮的服务态度不好,其实如果好好教育,也许他会转变,但是一个投诉,让他直接失去了改变的机会。

而更让夏晨没想到的是,这个叫做林丹的小门僮不依不饶地找到了她,一定要跟她好好谈谈。

离开了门僮的身份,夏晨意识到这是个有一米八高的男人。

虽然你可以让他失去工作,但是当他真的少了那一层约束和你面对面的时候,他是个会让你惧怕的男人,高大,强壮,很轻易地就用一只手将你困在了墙角。

夏晨倒也不害怕,心里甚至还有一点点悸动。这种动作在她的少女时代,是多么渴望啊,隔壁班那个她心仪的男孩,也是这样高大。她曾经看见她和舞蹈团的一个女孩就这样站着,在学校的一角密谈。

从那时候开始,对轻盈的会跳舞的女孩子,她就再也没有好感了。

小门僮凑近她的脸,认真看了看,然后说了句匪夷所思的话:"我一直在想,我妈年轻的时候是什么样子,看见你,我有感觉了,可能就是像你这样的吧,大姐。"

夏晨看了看小门僮的脸,还真是一张俊俏的脸。可惜,他大概才20岁出头吧,而夏晨已经过35岁了,不然的话,这一切美好得有点像个梦呢!

"害你丢了工作,不好意思。不过我相信你也不喜欢那个工作,下一次,找个你自己有兴趣的工作,好好干!"夏晨鼓励地拍了拍他的胳膊,试图从另一边逃离他的控制。

没想到小门僮自己松开了手，欢天喜地地说："哎呀，你还真是明白我啊，你要真的是我妈就好了，就不会逼我去做我不喜欢的事情。我喜欢你，我们交个朋友吧，我叫林丹，你呢，你叫什么？你干什么工作的，你喜欢这个工作吗？要不要介绍我去试试？"

就这样，试睡员夏晨多了一个小尾巴。当听说夏晨的工作居然是这么特立独行，林丹立刻对她佩服得五体投地，主动拎过夏晨沉重的电脑包说："把我当成你的实习生好了，让我跟着你学习一下，也许我会喜欢这份工作呢。"

很快，夏晨就对林丹有了全面的了解，原来他是个所谓的富二代，妈妈自己开公司，把他送去日本留学，未来希望他能回来接手她的公司。而他，不喜欢这种被安排的生活，于是放弃了在日本的留学，回到上海，寻找一个自己梦想中的工作。

可惜，他的学历起点太低，除了端盘子做门僮，没什么太多的选择。

夏晨不禁教育起他来："你有个多好的妈妈啊，我要是有个这样的妈妈，我立刻滚回去好好在她公司从基层做起，日后把她的生意发扬光大！"

林丹笑了："呵呵，你果然更像我妈的女儿呢，我一定要介绍你们认识。"于是邀请夏晨去他家吃饭。

其实，林丹也有他的考虑，从日本逃回来，还没跟妈妈见过面，有夏晨在，可以缓冲一下。

直觉中，他觉得夏晨能给他安全感。

也不知为什么，夏晨答应了林丹，不就是一顿饭嘛，反正最近老妈都在那边帮忙，回家吃饭也就是热热冰箱里的冷饭冷菜，就当改善一下生活好了。

然后夏晨见到了林丹的妈妈，是她原本就认识的人，林丹嘴里那个恨不得 24 小时监控他的皇太后，是夏妈妈十分惧怕但又不得不把丈夫送去她身边的假想敌——林素。

一顿饭，吃得夏晨食不下咽。因为，在近距离观察了林素之后，夏晨觉得自己的老妈完全不是对手。

吃完饭，夏晨不由自主地来到了夏曦家。

有一件事情，她不得不和夏曦好好聊聊，因为这件事情只能他们两个人商量解决。

关泓带着孩子睡了，夏曦和夏晨怕吵着孩子，躲在厨房里聊天。

"你知道爸又去那个女人的公司上班了吗？"

夏晨开门见山。

夏曦不开口，他的确是不知道，不过他了解夏晨，这样说话是她的一种方式，并不需要你回答。

"我就知道你是不会知道的，爸怎么会告诉你呢？为了这个家，爸真的是不容易啊，明知山有虎偏向虎山行。我今天见过那个女人了，好像比几年前更有风度，跟咱妈那真是不好比啊。"

"有什么好比的，她是做生意的，自然注重外表一些。妈是在家过日子的，当然随便一点，要是收拾起来，我看也不一定就差到哪里去。"

不管什么时候夏曦总还是会记得维护他的母亲。

"我感觉那个女人对爸爸还是很有意思的。合适的时候你跟爸说说，叫他还是别去做了。我以后结不结婚，都不用家里的钱。你也独立了，以后别再跟爸拿钱了。别让爸临老了，晚节不保。你想，一个打版员的工资也上五位数，这里面没有个人的感情色彩，正常吗？"

夏曦最反感夏晨这种讲话的方式，虽然在心里也觉得爸爸的这个工作有点问题，但嘴巴上说的却是另外的意思。

"你这个人就是太极端，你也太不相信爸的人品了，就算人家对他有意思，只要他没那意思，不就行了？我们做儿女的，哪能管得那么宽，管到自己父母头上去？你啊，回家别跟妈说这件事，别惹她不高兴。"

所以夏晨离开夏曦家的时候，是一肚子的怨，这个家，真是警惕性不高啊，总有一天会分崩离析的。

最后还不得靠我来拯救啊！

这一刻夏晨决定好好和林丹相处，以便随时接近林素，了解他们那边的情况。

夏晨的担忧，夏曦并没有跟关泓说，毕竟这只是自己家的事情。

很快的，夏曦也没有余力去管这件事，他被解雇了。

同时被解雇的，是他所在的整个部门，公司不再开拓这方面的业务，这样的理由听起来无厘头，但却被常常用来解聘员工。

要是细究里面的原因，也许是某个管理层决策的失误，也许是某个外部因素造成的市场不景气，但这种事个人只看结果，那就是拿了一笔看起来还不算少的遣散费之后，你失业了。

失业之后，最直接的问题就是——钱！

因为夏曦的工作在一般人看来是个金饭碗，所以在生孩子的特殊阶段，关泓放开手脚花钱，不仅花掉了自己的积蓄，花掉了国家发的生育补贴，还花掉了夏曦的积蓄。

她之所以敢这样用钱，是因为算准夏曦每个月会有一笔不菲的工资。

就像现在的人不珍惜水一样，打开自来水龙头就会有水，所以谁也不注意节约，有一天忽然停水了，你才会意识到，曾经，你是多么的浪费。

听说夏曦失业了，爷爷奶奶外公外婆都如临大敌。

在他们这个年纪的人看来，失业是不得了的事情。尤其是外公，当初风风光光的国营厂倒闭之后，他就一下子跌进了人生的低谷，后半辈子，一直在老婆的抱怨声中度日。

所以，家里一片唉声叹气和对资本家的咒骂。

不是只有不好好工作的人才会被开除的吗？我们夏曦一直是优秀员工，怎么这么有眼无珠？

什么叫裁员，什么叫整个部门不被需要了，都是万恶的资本家在剥削完了劳动人民之后给的荒唐托词吧!

不过,年轻如夏曦,并不着急,这个工作没有了,换呗。甚至夏曦还生出转行的念头。

高考的时候听说这个行业找工作方便,是夏爸爸硬要夏曦报的。

毕业之后迅速找到了工作,就这么不温不火地在 IT 界混着,工资不算少但也不至于吓死人,工作内容不至于很无趣,但也让人提不起精神。

如今,这块鸡肋消失了,夏曦倒还觉得轻松呢。

"这一次,我可以找一份自己想要干的工作了。"

他这样和关泓说。

关泓也深以为然:"对,我们都应该为自己活一次,不能什么都听父母的。以后,我们的孩子,我就不要求他按照我的喜好去生活,哪怕他喜欢种地,我也举双手赞成。别像我们似的,什么都被父母牵着鼻子走,一点自由都没有。"

花了好多天的时间,夏曦寻找着一份更合适自己的工作。

很快,他发现自己变得尴尬了。

他能得到的工作岗位,都是和原先差不多的。而他想要去做的职位,都回绝了他——对不起,我们需要有相关经验和学历的人。

经验——你不让我干,我怎么会有经验呢?

夏曦很想这么反问一句。

眼见着夏曦就业的路有点坎坷,关泓决定销假回去上班。

一早,关泓就到了团里,在更衣室她就受到了打击,原来的练功服全部报废,换上大一号的衣服,站在练功房的镜子前面,关泓完全丧失了自信。

镜子里的她,看起来玲珑浮凸,可是作为芭蕾舞演员,她知道自己太胖了。

尤其是肚子,她已经尽力吸气收紧,可是那里毕竟曾经孕育过一个孩子，你不可能在短短的几个月就让之前像西瓜一样的肚皮恢复到完全的扁平状。

镜子前的关泓很想立刻找一块大浴巾将自己裹起来，免得那尴尬的体型暴露在空气里。

这样的身材，要怎么样才能站在同事面前啊！

关泓想了想，决定还是去换回自己的衣服，然后到人事处销假。

到了上班时间了，同事们在走廊上楼梯间里跟关泓打招呼，她故作轻松地应对着，可是脚步却很沉重。

在芭蕾舞团，她已经是地板级的人物了，每次都是龙套，现在体型变成这样，还能干什么呢？

人事处的章大姐倒很热情，看见关泓她亲热地打着招呼，听说关泓打算回来上班，她吃了一惊："你不打算多休息一点时间吗？产假可以放宽到一年，这样体型什么的可以恢复得好一点，你也可以多一点时间照顾孩子。现在你还没断奶吧，这个时候又不能减肥，你急什么呀！"

关泓不好意思说家里等钱用，只能笑笑，推说孩子都是外婆和奶奶在带，在家也是闲着，所以想来散散心。

正在聊着天的时候，艺术总监进来了，一看见关泓他就很不客气地指出："小关，你本来就偏胖，现在更胖了。等孩子断了奶，你要好好训练，把体型恢复过来，不然你就别再吃这碗饭了。"

章大姐连忙缓和气氛："严老师，你还真是爱开玩笑。呵呵，小关，你别听他的，团里又不是没有女人生过孩子，人家现在不是都恢复得挺好嘛。不过小关，你要想回来立刻参加演出，估计蛮难的，如果你实在想销假上班，要么暂时给你转转岗，等孩子断了奶，你的体型恢复了，再回原来的岗位？其实昨天团长也说了，最好你还是在家休息好了再来，别累坏了身体。"

关泓最怕听见的两个字就是"转岗"。服装？道具？化妆？那也是术业有专攻的,在团里,她只会跳舞,不然只能去看大门了。

她想了想,知道没必要再勉强要求提前销假,只能故作轻松地离开了团里。

一走出大门,关泓的脸就挂了下来,她开始认真考虑自己的职场危机。

体型的恢复对她来说是一件多么艰难的事情,她不是不知道,所以她才会一直苛刻自己的饮食。

但是现在为了孩子,她的体型已经完全珠圆玉润了,想要恢复到那种扁平的"天鹅"体型,估计很难,难道真的要转行了吗?

夏曦最近的状态也让关泓动摇,他正在寻找更合适自己的职业,那我呢?从小学习的舞蹈就真的是最合适我的工作吗?现在的我也许已经不适合这个工作了,那么,我要怎么办?

初为人母的关泓,在认真地考虑这个问题,而且她需要具体的答案,因为家里的孩子每天都需要银子去买奶粉尿布衣服,日后还要为他缴学费。在这里,职业不是一个缥缈的梦想,而是每个月能拿到手的钱。

钱,是个俗气的字眼,但是有了孩子的人,必须认真考虑这件俗气的事情,你可以节衣缩食,但孩子却不能跟着受苦。

爸爸下岗,妈妈也许要转岗。关泓叹了口气,儿子,我们要怎样才能赚到足够把你养大的钱啊?

靠着夏曦的离职补贴，关泓和夏曦还能缓一阵子。两人都在疯狂地看着报纸上关于招聘的版面，夏曦甚至还去挤了几场招聘会，可还是没找到合适的工作。

不过夏曦要比关泓轻松很多，毕竟，只要愿意干回本行，他还是分分钟可以找到工作的，可是，他偏偏执拗地想要重新开始。

关泓倒是必须要考虑重新开始的问题了，但她偏偏还是想做原来的工作。

他们两个人的职业困境让爷爷奶奶外公外婆整天唉声叹气。

奶奶不断催促夏曦随便找一个工作，先解决每个月的收入再说。可夏曦一句话把她回得远远的，他说："我可不想像你们那样，为钱过一辈子。"

外婆这一次倒跟奶奶声气一致，"我们怎么了，没有我们这些为了钱过一辈子的人，你们怎么长大？没有钱，大家喝西北风去。我们天生有国家发养老金，用不到你们的钱，可你们的儿子怎么办？他最少还有二十二年要你们养，现实点吧！"

夏曦只能关上房门，借口找工作在网上发发牢骚。

关泓的烦恼又不一样。

照着镜子的时候，她想赶快给孩子断奶，以便早一点恢复体型。但是把孩子抱在怀里喂奶的时候，她又想尽可能地多给孩子吃一天的奶，为他积累更多的免疫力。

甚至，关泓想到了抽脂，不过那又是一笔不小的开销，而且，抽哪里呢？好像全身都胖了呢。

爷爷是六个人当中最超脱的一个，每天早出晚归，充实得很。

与其在那边喋喋不休抱怨，还不如发挥余热，多为孩子做点实事。这是爷爷的观点。

孙子的出生，让夏爸爸干劲十足，手艺好像也突飞猛进了。林素对夏爸爸本来就有好感，再加上夏爸爸认真的态度和精湛的手艺，更让她佩服。

看着夏爸爸在工作室里认真剪裁的背影，林素经常会出神——要是能一直把这个男人留在身边，该多好啊！

可惜，目前在夏爸爸的心里，有个无法替代的人——夏关风，这个小小的肉团团的家伙，常常能让他在工作的时候露出微笑。

吃奶的时候，他会攥着小小的拳头；睡觉的时候，他总是做举手投降的样子；甚至大便的时候那涨红脸的样子，也让爷爷觉得帅气无比呢。

每天中午午餐的时候，只要没有应酬，林素都会想办法和夏爸爸共进午餐。在饭桌上，夏爸爸几乎只有一个话题——孙子。

林素也很愿意和他分享那些温馨的片段，这会让她想起林丹小时候的很多往事。那时候，她还相信那个男人能给她幸福，那时候她还只想做一个平庸的女人，在男人的臂围里过一辈子。

可惜，孩子的降生让她清醒地认识到那个男人的不可靠，最终，她选择了离开，带着她唯一重视的"财产"——儿子。

想到林丹，林素的表情温柔了起来，这小子自从认识了夏晨之后，好像变得成熟一点了，虽然没有再回日本去念书，但是他居然愿意到林素的公司来上班，并且，真的从最底层的工作做起，在设计师工作室当起了助理。

这一天，夏爸爸和林素又聊起了家常。夏爸爸说起夏曦和关泓目前面临的工作难题，林素忽然有了一个主意。

"你儿媳妇的气质不要太好哦。这样好了，正好这一季的衣服要找模特拍图录，请她来吧，只要三天时间。"

"当模特？我能行吗？"关泓听到这个邀请，倒是不怎么雀跃，在她这个专业的舞蹈演员看来，那种对着镜头搔首弄姿的工作，似乎不怎么高明。

不过，爷爷说出了酬劳的数目，让关泓心动了。每天工作四小时，三天，六千元。而且，给的是现金。预付一半，拍完立刻付清余款。

试试吧，关泓看了看儿子熟睡的脸，毕竟这个家太需要钱了。

奶奶听说林素邀请关泓去当模特，心里老大的不乐意，这个女人，对人家家里的事情还真够上心的。但夏曦失业在家，如果关泓去拍三天照片就能挣六千元，也真的没理由说不干吧？

可是晚上回到家夏妈妈还是跟夏爸爸发火了。

"以后这种事情你不要答应，我不想我们家的人和她走得太近。"

"我还不是想帮帮孩子嘛，家里整天哀声叹气的，对宝宝也不好吧。再说了，你看夏曦失业以后，关泓对他几乎没有一句怨言，这一点是很不容易的，如果我能给关泓找到好的机会，也算是我对她尽一点心吧。"

夏妈妈叹了口气，她的眼前又浮现出林素精干优雅的样子，如果自己也是个那样有能力的女老板，该多好啊。

关泓去拍照那天，心里十分忐忑，在她想象中，拍摄时装目录的影棚，应该像《时尚女魔头》电影里的场景一样，有个嚣张的艺术总监指挥着，一排排的衣服川流不息地推拉过来，透着时尚的压力。

可是，根据地址找到的，却是一个闹市区里面的老房子，摄影师是个胖胖的中年人，一脸和善，他的妻子在现场担任助理，指挥着所有的事情，而负责拍摄流程的是一个不到 30 岁的年轻女子，正伸长着腿坐在餐桌边享用着一杯红茶。

影棚就是摄影师的家，客厅是摄影棚，卧室的门关着，给关泓当更衣室用。卧室的门上贴着一张漂亮的海报，是一百多张小照片组成的，关泓凑过去细看，原来是同一个女孩子的照片，她做着不同的表情。

"这是我女儿。"摄影师告诉关泓，"现在刚上小学，这些照片都是她小时候拍的，这么可爱的时候一下子就过去了。"

"孩子呢？"

"送去住校了。"摄影师的妻子小元走过来，也欣赏着女儿的照片，那种愉悦好像是第一次看一样。

"啊，你们怎么舍得啊？"

"住校又不是什么可怕的事情，再说她也很喜欢住校呢。"两个人笑嘻嘻地说。

关泓很羡慕他们的状态，很潇洒，很随意，孩子明显是他们生活中的阳光。

希望我也会有那么一天，说起孩子的时候想到的不是辛苦和烦恼，而是快乐。

之前伸长腿喝咖啡的女孩子也晃了过来，自我介绍说她叫艾莉，自己开了一间小小的公关公司，林素的时装图录委托她设计创意制作，所以现场由她来调度。

艾莉将四个挂满了衣服的货架推到了关泓面前，向关泓介绍说："这是本季的四个系列，我会在每个系列中挑出三套来着重介绍，分别以邂逅、钟情、忧伤和幸福来作为主题。所以也就是说，我们有十二张照片是重头戏，其余还有三十六套，你只需要将衣服展示出来就可以，而这十二套衣服，我需要你帮我表演。"

关泓有点入迷了，原来不是站在那里搔首弄姿那么肤浅啊。

艾莉向关泓展示了十二张美丽的图画，每张图都写了一个小小的故事，虽然只有一两句话，却很引人入胜。

关泓看着那些漂亮的卡片，不仅有些感动："这也是你画的？"

"他们也是夫妻档，画画的是她的老公，也算是个小有名气的画家，叫做君毅。以后你可以留意一下，他们夫妻俩合作，艾莉负责客户和创意，君毅是设计师。他们的孩子也才上幼儿园，当初为了孩子，艾莉放弃工作有三年时间呢。"

关泓看着有点慵懒但是又很有神采的艾莉，还有笑盈盈的小元，心里忽然一阵轻松。看看，这里也有两位妈妈，人家不是很幸福很充实地生活着吗？我为什么要那么担心呢。

有了艾莉的故事卡片，关泓很快就进入了状态。

三天下来，她几乎爱上了这个工作。

穿着曼妙的衣服，在聚光灯下将艾莉设计的那些故事用一个个定格的画面表现出来，她觉得自己好像回到了舞台，成为主角。

艾莉对关泓也十分满意，以前合作过的模特，在镜头前十分娴熟，但她们没有关泓这种对氛围和角色的理解。毕竟是专业的舞蹈演员，关泓连背影都可以是有情绪的。

"给我一个联系方式吧，下一次我希望继续跟你合作。"艾莉认真地抄下了关泓的电话号码。

小元也将关泓的号码记在了自己的手机上："亲爱的，如果别的产品找你当模特，你有兴趣吗？"

关泓想了想，认真地说："除了凉鞋和丝袜，我的脚实在是不能见人。"

大家都笑了。

没过几天，小元和艾莉真的都打来了电话。小元需要一个手模，为珠宝拍照。而艾莉则需要关泓为一个大品牌新一季的靴子担任模特。

当关泓将厚厚的一万元钱现钞摆在桌上的时候，外婆和奶奶有点看不懂了，就这么拍拍照片，脸都不用露，居然也能挣钱？

外公倒是很领行情，整天看电视的他，刚在电视上看到对这种新兴职业的介绍，得意洋洋地吹嘘起来。

"你们不知道吧，现在的模特分很多种，顶级的腿模，就是专门用腿的，人家一个小时就要五千元，我们关泓这还是初出道，要是以后名气响了，那也是论小时算钱。一小时五千，你们算算，一年得挣多少？我们家的女儿，是精英，什么叫精英，你们现在懂了吧，就是不管从事什么行业，都是翘楚！"

爷爷和奶奶也很为关泓高兴，要真的能在这方面有所发展，既能照顾家庭，又能挣钱，多好啊。

不过外婆的话又破坏了这一团和气。

"夏曦，你的工作找得怎么样了？可别靠我们家泓泓养你养孩子啊！"

夏曦还没说话，关泓先不高兴了："妈，你这是什么话，就算我养他，我也乐意，何况我们夏曦只不过是歇一阵子，你的话不要说得那么难听。"

外婆"啪"地一拍桌子，将筷子重重地拍在了桌上。

"你只管护着你老公好了，以后有你哭的时候！"

爷爷一看气氛不对，连忙打圆场："是的，夏曦是不对，别高不成低不就的，一个男人一定要承担起家庭的责任，我们家一直是这样教育的。亲家，吃饭，今天有你爱吃的大汤黄鱼！"

夏曦这一顿饭吃得味如嚼蜡。那一瞬间，他几乎想放弃寻觅，明天就找一个跟原来差不多的工作，继续去上班，挣钱，免得再看丈母娘的脸色。但他真的不甘心。

31岁，如果再不给自己重新开始的机会，可能就会这么无趣地过上一辈子吧。

看着儿子心事重重的脸，爷爷暗暗叹了口气。

第二天，林素将一张工资卡交给了夏爸爸。夏爸爸有立刻将林素抱起来转一圈的冲动，这个女人真的是太及时了。

夏爸爸回到家就把这张工资卡转交给了夏曦。

"里面有钱，你就说是你的工资，以后每个月25号我的工资都会打到这张卡上，这样你就有时间慢慢找工作了。你上大学决定专业的是我，现在想来，当时我应该听听你的意见，你也不至于有这么多烦恼，是我太主观了。我支持你想重新选择的想法，一个人，如果对自己的工作没兴趣，是干不好的，磨刀不误砍柴工，你别着急。"

夏爸爸说完拍了拍夏曦的肩膀，夏曦还没反应过来，爸爸已经走开了。

看着手里的卡，夏曦有点不明白。关泓，拍拍照片，十几天就挣了一万。爸爸帮人做衣服，一个月居然也能挣好几千。我当初在所谓的IT公司辛辛苦苦干一个月，不过拿八千，后来干脆就把我给裁了，早知道这样我也应该学个什么手艺才对啊。

不过，夏曦没想用爸爸的钱，他把爸爸给他的卡锁进了抽屉。

很快他就把这张卡给遗忘了，因为关泓的喜气只不过改善了几天家里的气氛，紧接着，她和外婆的矛盾又升级了。

外婆的血压高了，医生要她去输液十五天，关泓怕外婆把医院里的细菌带到家里来传染给宝宝，规定外婆每天从医院回来都要洗澡换衣服。天气冷，外婆实在受不了了，可关泓却决不退让，所以外婆再次提出回家。

这一次外公外婆是来真的了，他们收拾了行李，买了火车票，直接回了沈阳。

冬天习惯了暖气的他们，受不了上海的阴冷，外公更是长了一脚后跟的冻疮。他们去买火车票的时候，关泓很生气，她没想到爸妈真的要走，于是发狠说："你们要是走了就别再来，以后也别想再见孩子。"

外婆也是个犟脾气的女人，你越是狠，她就越是不买账。当着爷爷奶奶的面，发誓说再也不管这边的事情了，有种一刀两断的决绝。

爷爷奶奶终于如愿以偿，搬进了北边的小房间。

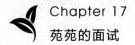

Chapter 17
苑苑的面试

也许，孩子会给人带来好运。

这天下午，关泓被苑苑请到了"一茶一坐"，苑苑要介绍作家罗晓燕给她。

据说当年因为她在"一茶一坐"的华山店相亲，而苑苑那时候正好是华山店的值班经理，所以两人认识了。

那之后，这位作家找到了自己的爱人，苑苑也到了总公司去做培训导师，一晃五年过去，两人成了朋友。

当苑苑把罗晓燕介绍给关泓的时候，罗晓燕惊喜地说："世界真小啊，原来你就是我的同学艾莉推荐给我的那个模特呢。"

罗晓燕从包里拿出一张服装招贴，是艾莉为林素的服装公司制作的图录，照片中的关泓穿着淡绿色的纱裙，只有一个背影。

"我喜欢这张照片，想用来做我新书的封面，正打算让艾莉帮我联络你呢。"

关泓第一次见自己的照片被印刷成册，不禁看得入迷了，从别人的眼里看到自己，居然如此的飘逸和灵动。

罗晓燕见关泓爱不释手，就把小册子送给了关泓。

苑苑把关泓推荐给罗晓燕是为了另一件事情，罗晓燕和女儿小萱萱都想学芭蕾舞，可是却没有一个舞蹈教室可以同时接受妈妈和孩子一起做学员，苑苑想起关泓是芭蕾舞演员，便想跟她了解一下情况。

罗晓燕的脑子转得更快，她缠住关泓："这样好了，我去找个地方，你来做我们母女俩的老师，每次九十分钟，我给你五百元一次，怎么样？"

"可是，我没有做过老师。"关泓想试一试，毕竟她很怀念对着镜子舞蹈的那种氛围，只是她真的没有勇气在团里的排练厅面对自己变了型的身体。

"我们也不是为了表演才学舞蹈的。只是，我想和女儿一起完成她的梦想。"

关泓一见到小萱萱就明白了罗晓燕的用意。

小萱萱是个可爱的女孩，已经五岁了。确切地说，她是个可爱的小胖子，脸孔圆圆的，身材也是圆圆的。

"我想让她单纯地面对自己的梦想。她想学芭蕾，可是，有个老师说她太胖了，这辈子都别想跳舞，所以我跟她说，妈妈会和你一起跳。"

罗晓燕为小萱萱准备的舞蹈教室是她们家三楼的阳光房，整面墙上的镜子据说是做建筑设计师的爸爸亲自装上去的，墙角还布置了一个小小的花房，两把雅致的藤椅。

坐在藤椅上换舞鞋时，关泓闻到淡淡的花香，是角落里种着的薰衣草。

这户人家，还真的是很会享受呢。

据说薰衣草的味道会让人镇定和放松。

罗晓燕也为关泓端来了一杯祁门红茶。

罗晓燕说："这是我们这些做了妈妈的女人应该细细品味的茶，经过发酵的茶，有宝石光泽的茶汤，滋味又是那么醇和，不就像我们这些完美的小妈妈嘛。"

关泓忐忑的心情被罗晓燕调适到了熨帖的阶段。

人与人之间的相处就是这么有意思，有些人让你紧张，有些人让你放松。

所以，心情放松的关泓也变得自信起来，应小萱萱的要求，特地为她跳了一段《天鹅湖》，那是小萱萱最心爱的段落。

小萱萱兴奋地又笑又跳，立刻就把关泓当成了偶像。

"老师，我一定好好学。"小萱萱把手伸进关泓的手里，找到她的小拇指，勾在自己的小拇指上，"我们拉拉勾，你一定要教我所有最漂亮的舞蹈！长大以后，我也要做一个和你一样优雅的女人。"

孩子的赞扬让关泓觉得幸福，而小萱萱肉乎乎的小手更让关泓一阵感动，让她想到了自己的孩子。

"我也要做一个那样的妈妈，细心周到地呵护孩子的成长，让他生活得更幸福更快乐。"回家后的关泓看着熟睡中的孩子，轻声地跟夏曦说。

夏曦不以为然："还不是因为他们有钱。"

"这跟有没有钱是两码事，人家肯在孩子的事情上用心。"

"哪个父母不想在孩子的事情上用心呢？可是你看看这些窑工，他们的孩子每天被绳子拴在车间里，要拴十个小时。"夏曦把刚在微博上收到的一组照片放大给关泓看。

关泓倒吸了一口凉气，照片上那些孩子哭泣的脸，让她很揪心，仿佛看见自己的孩子在哭泣一样。

"所以，我们更加要做出色的父母，给孩子更多的呵护。"关泓在夏曦的肩上拍了拍，"我不是催你，但是我真的很希望你能找到一份自己梦想的工作，然后全力冲刺。我不想让我的孩子到了青春期的时候也像我们一样，充满了抱怨。"

"现在这世道，已经进入了拼爹的境界。唉，不用你催，我也很有压力啊。"夏曦继续把注意力放在了电脑上。

关泓把罗晓燕给她的图片册收进抽屉里，顺便把杂乱无章的抽屉收拾了一下。

这时，她发现了一张新的银行卡，这张卡就是爷爷之前交给夏曦的那张。

"你怎么又办了一张新的卡啊？"

夏曦回头一看，随口说："哦，那不是我的。"

"那是谁的啊？"

夏曦想了想。不知道为什么，也许是出于自尊心吧，他不想告诉关泓这是爸爸在林素那里打工的工资卡，是拿来给他贴补家用的，于是他平生第一次对关泓撒了谎。

"这是我为了办网店特地申请的卡，用来进行支付宝的交易。"

"哦，你准备开网店啊？"

"对。"

"卖什么呢？"

这下夏曦被逼到角落里了。正应验了那句话，不能撒谎，撒一个谎就要用更多的谎来圆。

夏曦正好看见关泓带回来的时装图录。

于是说："卖衣服，我把你的照片发到网上，要是大家喜欢这些衣服，我就去跟林素进货，也算是无本买卖，我还没完全想好呢。"

关泓一听，倒是兴奋了起来："真是个好点子。你知道吗，这些图上的茶叶茶具是苑苑他们'一茶一坐'提供的，你也可以卖的。你看，我就知道你有点子。反正也没什么成本，你真的可以试试呢。"

夏曦抬起头来看了看兴奋的关泓，一头雾水："什么可以试试？"

"就是你说的网店啊，你真的可以试试看，说不定效果会很好呢。要是真的有人买，我来帮你做模特，你就在网上开一个卖衣服和茶品的店，就叫——女人的下午茶，不是很有意思吗？"

夏曦仔细一想，好像还真的不错呢。

说干就干，他花了一个通宵的时间，开始整理网店的信息。第二天，他的网店"女人的下午茶"就上线了。

关泓又给他出主意："你的微博不是有那么多粉丝吗？用起来呀。向他们宣传一下你的店,好歹赚点人气嘛。苑苑他们公司有茶叶和茶具卖的,我帮你去跟她谈谈,看看能不能进货。"

为了夏曦的店,关泓特地去了苑苑家。而此时,苑苑正在面试保姆,热闹得很,应试的分别是一个安徽阿姨、一个江苏阿姨和一个四川阿姨。

关泓以自己的眼光审查了一下,每个都有问题。

四川阿姨留了一头卷发,也不扎,不长不短地很凌乱,那该会有多少头发掉在孩子身上啊。

安徽阿姨嗓门很大,手指甲又长又黑,不行!

江苏阿姨看起来还可以,但据说每个周末要回家去住的,关泓一问,他们是在闵行那边和别人群租。我的天,那多脏啊!

根据关泓的标准,一个都不行。但苑苑急着用人,便挑了叫红菱的江苏阿姨。

"以后每个星期来上班以前,一定要叫她洗个澡,换身干净衣服才能抱孩子啊。他们那么多人住在一起,什么细菌没有啊。"关泓给苑苑出主意。

苑苑叹了口气:"亲爱的,你是站着说话不腰疼啊,要是根据你的这些讲究,我就只能自己带孩子了。澡她是可以洗,可是你没看见的时候,她能什么都根据你的要求做吗?眼不见为净。我跟你讲,只要她不把孩子拐走,就是最好的阿姨。"

"其实,你婆婆一定比她们要让人放心得多,你还是把她请来吧。"

"我们的理念完全不同,总不能每件事情都辩论一番再做吧。再讲了,她毕竟是婆婆,怎么沟通?弄不好就会产生巨大的误解,那不是更麻烦?张钦跟他妈已经很多年不在一起了,现在偶尔上门,客客气气的,蛮好。我现在气的就是我的亲妈,居然情愿要狗不要孩子,我也算是遇到极品了。不过话说回来,法律也没规定她必须替我带孩子啊。"

"你们家老张呢?怎么,又出差了?"

"那是啊,人家的工作是事业,不能耽误,一有空就往外溜。我知道,他也实在是太累了。我也一样，筋疲力尽，但我是妈妈，我逃不掉啊。所以，女人生了孩子，就别想逃避责任。你现在知道了吧，就算你有那么多人帮忙，完全可以什么都不管，可你却做不到，还不是什么都要管？"

"这倒是的，没生孩子的时候只想着怎么才能做个现成的妈妈。可现在生了孩子，真的你叫我不管都难。"

"呵呵，也有可以什么都不管的人，但不是你我，我们就是天生的劳碌命。"

苑苑自嘲，同时也嘲笑着关泓，然后两个年轻的妈妈都笑了起来。

夏曦进货的事情关泓拜托了苑苑，苑苑答应帮关泓去联系茶人事业部的负责人，很快就谈妥了合作事宜。

虽然网店是意外诞生的，但自从有了网店，夏曦的生活一下子充实了起来，他发现自己很喜欢捣鼓网店里的那些事情，不断调整网店的页面，既要看起来一目了然，又要富有感染力。

林素看了夏曦的网店之后，很感兴趣，她倒是一直想把自己公司的衣服拿到网上去销售，但公司里并没有合适的人做这件事。现在，夏曦倒正好填补了这个空白。

她以几乎是成本价的折扣把衣服批发给夏曦，还在新一季的宣传册上打上了夏曦网店的地址。

林素对夏曦的支持让夏妈妈十分感激，凡是对她儿子好的人，在她看来都是好人。夏爸爸也松了一口气，少了这一点假想敌的阴影，家里的气氛更加和谐了。

关妈妈从沈阳倒是打了好几个电话来，对关泓这边的变化，自然说不了什么好话。关泓教小萱萱跳舞，在她嘴里变成了低人一等的家庭教师，而夏曦的网店，更是不务正业。

"这种在我们那个年代就是投机倒把嘛，仓库也没有，也不投入资金，简直就个捐客，算什么生意，你还是劝他趁早到公司里去上班。"

要在以前，关泓一定又会和她大吵起来。可现在，她没空。

孩子等着喂奶换尿布洗澡，实在没有时间在那里打嘴仗了。

充实的日子过得快，不知不觉宝宝九个月了，嘴里开始叫人。当在电话的那一头听见宝宝清楚地叫"嗯奶"时，关妈妈坐不住了。

这小子，当初是谁每天把你抱在怀里，一把屎一把尿地照顾你，你居然不叫"阿婆"，叫"嗯奶"？再下去，孩子哪里还会知道有我这个外婆！

其实孩子只是无意识地乱叫，今天叫爸爸，明天叫妈妈，还会说一串串的"哒哒哒"，并不是特别称呼谁，可听的人忍不住会附会和陶醉。

跟关泓发了一通火，关妈妈和关爸爸商量，一定要回去。

关爸爸在女儿家觉得拘束，回到沈阳，开心快活，根本就不想挪窝。所以外婆建议了两回，也没得到外公的支持，外婆也就悻悻然地不再说了。可是很快，关泓求救的电话到了。

"太奶奶出事了，你们赶快来帮忙！"

关妈妈还想搭搭架子："太奶奶跟我们有什么关系，你以为是从杨浦区到徐汇区那么简单啊！我们要从东北赶过来，火车票有没有也不知道，还要订旅馆，你公婆都在家，我们住哪里啊？"

"妈，宝宝感冒了，吐得一塌糊涂。太奶奶摔坏了，住在医院里，他爷爷奶奶都去医院了。你们赶快买张机票飞过来，我不跟你们多说了，孩子又哭了。"

电话里，就听见宝宝撕心裂肺地大哭起来。

关妈妈立刻坐不住了。

"老头子，快点，收拾东西，小家伙都要哭死了。这家人，就是乱，你看我们不在，他们就出事。"

老人最听不得孩子哭，刚刚还在跟关泓阴一句阳一句的关妈妈，一听见心肝宝贝外孙的哭声，就好像听见了冲锋号，手忙脚乱拿了几件换洗衣服就和外公往机场奔。

关泓这边也真的是焦头烂额。

本来几个月下来，关泓手上有了些盈余，想要买辆车，所以正拉着夏曦两人去 4S 店看车。两人正为了是现在就买还是等孩子上了幼儿园再买而争执不休时，家里奶奶打电话来，请他们立刻回家。

孩子发起了高烧，不到一个小时就吐了两回，把奶奶吓坏了，赶快把爷爷和夏曦叫回来一起去医院。

关泓进家的时候，正听见宝宝哭得喘不过来，心急如焚，立刻抱着孩子就往医院赶。

可是，那天下着小雨，路上出租车绝迹，在路边等了十分钟，也没看见一辆车。夏曦建议坐公交车，被关泓立刻回绝。

"你忘了上次的教训了啊？所以我说要买车吧。你不要以为孩子小用不到车，真的急起来，你看看，这个时候你心疼了吧。"

关泓把孩子紧紧地抱在怀里。一阵剧烈的咳嗽之后，宝宝又吐了，这一次把关泓的外套也吐得一塌糊涂。

关泓只能抱着孩子回家去换衣服，夏曦继续在路边等车。见两人弄得这么狼狈，爷爷奶奶坐不住了，跟着关泓一起去了医院。

终于折腾到了医院，大厅里密密麻麻都是患儿和家长，每个家长都觉得自己的孩子十万火急，可是医生也只有两只手，实在是忙不过来。

大厅里，空气十分浑浊，让关泓几乎要绝望。身边的一个孩子扯着嗓子大哭，本来已经平静的宝宝又跟着大哭起来，关泓怕他再吐，连忙抱着他到外面去。

夏晨和林丹开着林素的车赶了来，夏晨赶紧让关泓把孩子带到车上坐着。因为高烧，孩子的嘴唇裂了一条血口子，在稚嫩的脸上显得触目惊心。

关泓忍不住落下泪来。

"早上出门还好好的，这到底是怎么回事？"正在伤心的时候，关泓发现孩子身上发了很多的红疹。

"是不是出麻疹了？"夏晨也觉得问题严重。看着小侄子眼睛闭得紧紧的，眼角还挂着泪花，夏晨不由得心疼起这小小的人儿来。

林丹看着夏晨关切的侧影，不由得有点心动。

这个平时大大咧咧的女人，看起来粗鲁嚣张，实际上也还是很有女人味的呢。

夏曦总算排到了，连忙打电话叫关泓进去，没想到医生只看了两分钟，就给出了判断——幼儿急疹。

"没什么，两三天自己会好的，还有点小伤风，给你们开点药，退退烧吧。"

就这么简单？孩子吐得那么厉害呢！

医生头也不抬，在病历上奋笔疾书。

"这是孩子的常见病，没什么问题的。吐的话主要还是因为伤风咳嗽，你们多给他喝水少吃点奶，让他睡觉。"

就这么轻描淡写地结束了？

关泓的眼泪还没干，夏曦为此排了两个小时的队，居然两分钟就看完了。

交了钱配了药，大人孩子浩浩荡荡地回了家。才进家门，关泓正在安排大家换衣服时，太奶奶的求救电话到了。

她老人家在浴室里洗澡，摔了一跤。

林丹又开着车带着夏爸爸和夏晨赶过去。很快，夏爸爸打电话回来叫走了夏妈妈。于是，才有了关泓的求救电话。

太奶奶住进了观察室，因为摔倒之后花了差不多两个小时的时间才挣扎起来打了求救电话，所以太奶奶受了不小的打击，躺在卫生间冰凉的地板上时，她以为自己就要和人世间所有的享乐告别了。所以，当她的儿子儿媳和孙女赶到之后，她像抓住救命稻草一样地抓紧他们。

"夏曦呢？我的宝贝孙子和曾孙子呢，他们怎么没有来？"

"妈妈，这是医院，小宝宝还在发烧呢，怎么能来？夏曦不得陪着他嘛。"夏晨快人快语。

"什么，我的命根子发烧了？真是时辰不对啊。你们看看，我跌下来的时候他正好发烧，这个小家伙真是有灵性啊！明天，你们一定要把他带来给我看看，说不定这是最后一面了。"

夏爸爸心底发虚，把孩子带来医院给太奶奶看，估计关泓是绝对不肯的。不生病也许还有可能，现在孩子在生病，怎么会带他来医院呢？

"妈，你别讲这种不吉利的话，医生只让你住观察室，又不是重症病房，观察一晚上也就好了。等你好了，我接你回家住几天，跟宝宝好好玩玩。"

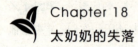

Chapter 18
太奶奶的失落

夏爸爸正在对太奶奶许诺的时候，关泓那边已经打电话给自己的爸妈了，所以等夏爸爸、夏妈妈从观察室里折腾了一天一夜回到家的时候，又一次遭受打击。

关泓的父母回来了，并且住了进来。

关泓倒是很关切地走了出来："奶奶怎么样？我们这边你们放心好了，我爸妈都赶来了，没问题！"

夏曦也是睡眼惺忪："昨天网店的生意特别好，我看你们不打电话回来，大概问题不大，也就没再赶过去。宝宝夜里闹了六七次，我们根本就没法睡。"

这边还在寒暄，那边夏晨的电话又追过来了。

"爸爸，妈，你们还是快回来，奶奶忽然又大哭起来，我搞不定啊！"

夏爸爸和夏妈妈商量，只能兵分两路，夏妈妈先去买菜，回来做饭，然后再带点饭菜到医院去。

夏爸爸走进病房的时候，正听见太奶奶声音洪亮地在讲夏曦小时候的趣事，隔壁床的老太太听得兴趣盎然。

夏晨到门外来悄悄和爸爸咬耳朵："听说你们马上就到，她立刻就不哭了。我实在是没办法。"

夏爸爸筋疲力尽，实在是一肚子气，正想进去说她几句，却被太奶奶的主治医师叫进了办公室。

　　夏爸爸很紧张。

　　"老夏啊，你妈的身体还真是不错，我们给她做了一个全身检查，她几乎没有什么慢性病，就是有点轻微的营养不良。好好护理，她完全可以活很长时间！"

　　夏爸爸这才松了一口气。

　　可医生接着又说："不过，她这么大年纪一个人住，实在是有点不安全，你们要想想办法。我听说你们刚添了个小孙子，忙得很，可也不能顾了小的不顾老的。按理说这话不该我讲，但最近我们收治的不少老人都是因为独居发生了意外，有的救过来了，有的没救过来，我们做医生的心里也不好受，所以才跟你多讲几句。"

　　夏妈妈送饭来的时候，夏爸爸跟她说了医生的建议，夏妈妈问夏爸爸的意思。

　　夏爸爸说："要么暂时我们还是住回去吧，反正夏曦那边亲家也来了，我们把老太太接到我们自己那边去住，房间里搭个铺，反正有夏晨的小床。"

　　可当夏爸爸和夏妈妈把建议给太奶奶一说，太奶奶不乐意了。

　　"什么，让我一把年纪了还跟你们睡一个房间？我不高兴，你不是说接我到夏曦家里去住几天吗？行啊，我睡客厅！"

　　夏爸爸被逼无奈，只能告诉太奶奶，亲家又住了回来。

　　"什么，他们又把房子占了？我不管，我就要住到孙子家里去，你们不去住我也要去！"

　　夏爸爸也有点光火了，这事情能怨谁呢？

　　要不是老太太你这边跌倒了，人家也不会赶过来。现在人家才从沈阳飞过来，是为了我们家的孙子才来的，我们又把人家往外轰，那也说不过去啊！你又不是没地方住，再说了照顾你是我这个儿子的责任，我还没死，你去找孙子的麻烦干什么？

老太太被儿子一阵数落，也不开口。夏爸爸以为自己做通了她的思想工作，可没想到，老太太忽然一个枕头扔到了他的脸上。

"滚，你这个不孝子，我是为了谁？你们自己没出息，还敢数落老娘？从今往后，我跟你一刀两断，我就是死了，也不用你来给我收尸，我们是社会主义国家，民政局会管我的！你滚吧！"

夏爸爸也有点脾气，你叫我滚，好，我就滚，转身就离开了病房。

夏妈妈还想再来圆两句，又被太奶奶一阵斥责："你也不用假惺惺的，我知道你人在这里，心早就飞到儿子家去了，你也滚！我老太太有的是钱，我不相信少了你们我还活不下去了！"

平白无故吵了这一场架，夏爸爸和夏妈妈虽然离开了病房，但心里也很忐忑，只能派夏晨在医院里陪护奶奶。

林丹像个尾巴一样跟着夏晨，不断美慕地说："你们家真好啊，这么一大家子人，太热闹了，这才像个家啊。"

"你们家呢？"

"我妈是孤儿，跟我爸离婚之后，就和我爷爷奶奶他们都不来往了。所以我们家就只有我和我妈两个人。"

"那你爸呢？"

"他有自己的新老婆新孩子，跟我们没关系。"

夏晨看了看林丹，忽然觉得这个少不更事的富二代也有他心酸的一面。

她忍不住伸出手去，揉了揉林丹的头发。以前夏曦小的时候，她最喜欢这样去作弄夏曦，那时候他们还是一对很亲厚的姐弟。

后来，她渐渐感觉到父母对他们两人的亲疏有别，对夏曦也就疏远了。

现在，在对林丹的旁观之中，她忽然觉得她一直耿耿于怀的那些偏向、亲疏，实在是很鸡毛蒜皮的。父母一直给她提供了一个安全温暖的家，到现在还在照管她的一日三餐，她心里的那些芥蒂，实在是不值一提。

刚才太奶奶和爷爷奶奶的争吵，更让夏晨看清楚一点，自己家里这些争吵和矛盾，都不是什么根本利益的冲突，所以，她一直计较的，也许真的是很无谓的。

于是，她做出了一个决定。

"奶奶，你也别生气了，等你出院，我搬过去跟你一起住，爸妈实在是忙不过来，我照顾你不是一样吗？再说了，你硬要住到孙子家里去，那还不如让我这个孙女住到你身边来，更加方便，你说好不好？"

夏晨就是这么个人，看起来很粗糙，实际上是很感性的，常常会在冲动间做出重大决定。

太奶奶真被感动了，亲儿子亲孙子都靠不住，这个领来的孩子倒是有情有义。虽然她不知道自己是领养的，但这些年太奶奶知道，自己在对待夏曦和夏晨的态度上是不一样的。

夏曦上学的时候，太奶奶风雨无阻每天去接，夏晨都是自己回家的。回到家，夏晨会被太奶奶吩咐着干很多家务事，而夏曦则是一杯牛奶两块饼干，吃完了写作业。

在夏晨看来，这一个细节，只是老人的重男轻女。而太奶奶自己清楚，其实是还没有绕过血缘的这道坎。

夏曦和关泓还不知道医院里有了这样的变故，两人正在家里紧急查账，因为关泓立志要买一辆自备车。雨里打不到车的体会，也让夏曦动摇了。

可他翻翻家里的存款，连上零头才有 15867 元，结婚搬家生孩子，家里已经榨光了所有的钱，虽然买车不算什么大开销，但手上就是没有这点银子啊。

关泓拿出自己的卡，里面还有 6749 元，她很讲义气地说，我把钱都给你，剩下的你想办法。

听说关泓想买车，外婆第一个同意，立刻拍出一个信封，里面装了五千块，算是表示一下自己支持的态度。

夏曦为难了，就这点钱，买辆 QQ 都成问题，干脆缓一缓，再存两年，等孩子上了幼儿园再买吧。

可关泓等不了，毕竟孩子每天都有可能用车，如果是冬天的夜里要去医院呢？

夏曦不想向父母开口，但在道理上又说不过关泓，只好硬着头皮去找父亲。

夏爸爸一口答应，他让夏曦动用那张卡里的钱，。夏曦把卡翻出来，一查，上面钱不少，也有五万多，可是加上牌照，一辆车没有小二十万根本不够啊。

也就那么巧，不多不少大概差十万。

听说给孙子买车钱不够，夏妈妈犯愁了，家里是还有十万块钱，但那钱是给夏晨结婚用的。

"夏晨连男朋友都没有，结个什么婚啊。眼面前孙子要用车，自然是先紧着孙子。"夏爸爸的意见很明确。

夏妈妈不同意："女孩子什么时候姻缘来了说不准的，这钱不能动。"

"你这个人，账都不会算。夏晨就算现在有了男朋友，到她能和别人结婚总还要一年吧，一年里面我们再想办法把钱给她填上。再说了，她现在连男朋友还没有，你急什么。我们也不用跟她说，先挪着用一用，有什么要紧。"

房间里的关泓耐不住了，听说爷爷奶奶手上有钱，她立刻走出来："让夏曦写个借条吧，这钱算借的，以后加上双倍的银行利息一起还，不会让姐姐结婚的时候没钱办嫁妆。"

爷爷奶奶再也不好意思争论下去了，利息自然也是不会要的，赶紧把钱交给夏曦去买车。

买车把夏曦折腾得够呛，女人买车，不讲性能，外观颜色车内饰，这些是她们最关心的，自然，还有品牌。

而夏家买车的预算却是无法突破的。

关泓眼里的车，不是颜色不好，就是车子里的配置不满意，兜兜转转，最后还是买了最初看中的那款车。

听说孙子买了车，太奶奶忍不住想来看看，可是跟儿子刚吵过一场，不好上门啊。不过，老太太还是有策略的，她一个电话打给了关泓。

关泓接着电话的时候，正跟着苑苑在家政公司调研。

苑苑之前请的那个江苏阿姨红菱昨天晚上被张钦炒掉了。

说起来，苑苑还一直觉得红菱阿姨很有本事，原来朵朵不太爱吃奶，每次吃奶都要连哄带骗，可红菱阿姨一来，朵朵变得乖多了，吃奶睡觉，都不用哄。

张钦也觉得红菱是个人才，这专业带孩子的就是不一样。

可那天他提早回家，却看见可怕的一幕。

朵朵在哭闹，红菱手上拿着家里的电蚊拍，毫不客气地就在朵朵肩上拍了一记，朵朵被电了一下，立刻就不哭了。

张钦冲进去质问她，没想到红菱却理直气壮振振有词："你们城里的孩子都太惯了，要在我们老家，我自己的孩子，不听话我大耳刮子就上去了。小孩子跟畜生差不多，你讲她是听不懂的，只有给她点苦头嗒嗒，她就明白了！"

张钦也不跟她探讨教育问题，直接付她这个月的工资请她走路。等苑苑回来，张钦劈头盖脸就是一顿批评。

"你看看，这种人还被你当成专业人士，让我女儿吃了多少苦头？现在你满意了！"

苑苑也心疼孩子，恨不得立刻就辞了职回家全天候地带孩子。可是张钦刚刚订了一套新房子，下个月就要开始付按揭，少了每个月那几千块，还真的不够用。

听说苑苑要去面试新的保姆，关泓也想去看看。

最近爷爷奶奶住回去了，外公外婆虽然在带孩子，可有太多让她不满意的地方，不是忘了给孩子换尿布，就是在孩子吃奶喂辅食的问题上搞得一塌糊涂。听说这一家家政公司提供的都是培训过的育婴师，关泓决定给自己留一条后路，家里实在吵得不可开交的时候，就把奶奶外婆都请走，请个保姆也没什么不好。

　　她正在和苑苑一起看着电脑里育婴师的资料，太奶奶电话来了。

　　"小关啊，我生病你们也不带孩子来看我，现在你们车子买好了，总方便了吧，什么时候带宝宝来见见我啊？我知道，孩子的事情你说了算，我实在是想孩子了，只好腆着这张老脸来求你了。小关，太奶奶对你怎么样，你知道的，对不？"

　　关泓还没想好怎么回绝，太奶奶已经挂了电话。

　　苑苑见关泓一脸犹豫，问起她缘由，听说是这么回事，劝解她："这事好办，你把老太太接来，正好孩子的爷爷不是跟老太太有点不开心吗？借这个机会一家人说和说和，不就一团和气了嘛。"

　　关泓觉得这个办法不错，就让夏曦去接太奶奶来看宝宝，奶奶还特地做了一桌子太奶奶爱吃的菜。但没想到的是，太奶奶一进门，后面还跟了几个老太太，据说是太奶奶的拳友，一起在花园里打太极拳的。

　　这下关泓紧张了，她连忙等在门口，手里拿着免洗酒精，让几个老太太擦手。小宝宝一抱出来，几个老太太就把孩子传来传去地抱着玩，称赞孩子的可爱。太奶奶正得意着呢，外婆出来了，说宝宝要吃奶了，然后就抱进了房间，再也没出来。

　　几个老太有点尴尬，太奶奶本来想炫耀一下自己的曾孙子，没想到却是这样的结果，不开心了。

　　"现在的小孩真是金贵，呵呵，不过也不至于搞得好像我们这些老人身上有传染病细菌一样吧。"

　　奶奶连忙出来打圆场："不是啦，我们每个人回家都要洗手换衣服漱口，是专家的书上说的。来吧，妈，饭菜准备好了，大家都入座吧。等孩子吃完奶我们再跟他玩玩。"

太奶奶实在馋的是曾孙子，多少年家里没有这样小面团一样可爱的小家伙了，抱在手里肉墩墩的，太好玩了，尤其刚刚他还对太奶奶眯着眼睛笑了，更是逗得老人家乐不可支。

所以，虽然有点不高兴，但冲着曾孙子，太奶奶还是坐了下来。

吃到一半的时候，外婆抱着宝宝出来了，太奶奶一见，立刻放下筷子，迎上去："来来来，坐下来一起吃，这么大的孩子，可以吃点米饭了吧。"

外婆把宝宝放在腿上，紧紧地抱着不肯放。

可是怪了，宝宝偏偏就往太奶奶这边扑过来。外婆不放，宝宝大哭了起来。

外婆只能把宝宝交到太奶奶怀里。

太奶奶这个陶醉呀："毕竟是骨肉血亲，这家伙居然就是要太奶奶啊！好，太奶奶给你喂两口饭饭吃哦。"一边说，一边就把一团米饭放在嘴里嚼了嚼，喂到了宝宝的嘴里。

外公立刻大叫起来："太奶奶，你这样不行啊。"

外公突然这么一叫，太奶奶吃了一惊。

外公继续说："大人嘴里有很多细菌，大人无所谓，可对孩子是致命的。"

外公的语气很重，外婆也立刻就从太奶奶身上抢过孩子，甚至还想把他嘴里的饭掏出来，可是宝宝已经把饭咽了下去。

关泓的脸色也变了，这吃下去的东西可是吐不出来的。

一旁的老太太们觉得气氛不妙，赶紧来缓和。

"没关系，我们以前都是这么喂孩子的，没啥关系的。"

"话不是这么说的，你们年轻的时候喂你们自己的孩子，那是没事的。就像关泓现在偶尔用嘴帮宝宝试试温度，那没问题，但老年人的嘴就不一样。"

"说的好像我们有毒一样。"太奶奶讪讪地说。

"对孩子来说，也差不多了。"外公也不看太奶奶的脸色，兀自高谈阔论，"我们中国人很多带孩子的传统观念都是不对的，你们别看我年纪大，我可是与时俱进的，每天看报纸看电视，就是为了多了解一些科学育儿的方法。现在就一个孩子，我们输不起啊！"

爷爷奶奶早就习惯了外公这种长篇大论的科普报告，可太奶奶和她的拳友们却有点水土不服。

外公说的句句话好像都在嫌弃在座的几个老人，大家渐渐地都不开口了，只有外公一个人在卖弄着他的"科学"育儿观。

关泓自从太奶奶给孩子喂了饭之后一直坐立不安，坐了一会儿，借口孩子要换尿不湿，抱着孩子进了房间，再也没出来。太奶奶也坐不下去了，带着一众拳友悻悻然地离开。

一路上太奶奶一言不发，夏曦也不敢开口，他知道太奶奶越不高兴，越沉默。

车子开到小区门口，太奶奶也不要夏曦送进去，自己和几个老太一起走进了小区。夏曦看着奶奶蹒跚的背影，忽然想起自己小时候她等在学校门口的场景，一晃二十多年过去，奶奶升级做了太奶奶，她真的是老了。

Chapter 19
母子的决裂

　　回到家，夏曦找机会和关泓深谈了一次。

　　"关泓，你觉得我们现在这样对孩子，是不是太过紧张了一点？你爸妈能来帮我们带孩子，我真的蛮感谢的，也真帮了不少忙。可是，你觉不觉得只要他们一来，我们家里的气氛就很差？现在孩子还小，以后等他懂事了，如果为了教育问题我们经常起冲突的话，对孩子真的不好。"

　　关泓正在给宝宝换尿布。这么大的孩子已经不那么好控制了，关泓才拉开尿不湿，宝宝已经一翻身，然后毫不客气地撒了一泡尿，只看见一条清澈的抛物线划过，床单、被子、关泓的袖子和宝宝的衣服，全湿了。

　　夏曦还在滔滔不绝地说着他的感受："今天我真的觉得我奶奶很可怜的，她那么老了，我们没能多为她做点什么，她来看孩子还受着气回去。看着她的背影，我真的有点于心不忍。"

　　关泓正跟宝宝斗争得筋疲力尽，听着夏曦的大道理，实在忍无可忍，把手里的尿不湿用力扔在了地上。

　　夏曦吃惊地看着关泓。

　　关泓怕吓到孩子，压低了声音说："我只知道现在我们每个人都精疲力尽了，我管不了那么多高深的道德层面的问题，每天能睡个完整的觉，就是最大的幸福。现在，我有这么多东西要换下来去洗，你要写散文找感觉，我没办法奉陪。"

　　"你这个人，不能眼里只有孩子。"

"大道理谁不会说？可孩子一睁眼，我就要弹起来给他喂水换尿布吃奶，然后一直忙到晚上他睡着。我眼里还能有谁？还有那个空吗？"

"那人家苑苑一个人怎么把孩子带下来的？"

"我算明白你的意思了，你想请我爸妈走路，你直说呀，别绕那么大弯子。"

"我也不是说现在就要让他们走，我只是和你商量我们这个家未来的走向，我们是打算就这样一大群人吵吵闹闹地把孩子带大，还是用更加科学的方法。"

"那等你有了结论我们再来讨论吧，现在我要去看看是你妈还是我妈有空帮我洗洗这些孩子的东西。"

关泓抱着宝宝尿湿的战利品，扬长而去。

宝宝一个人躺在小床上，吃着手指，忽然冲着夏曦叫了声："爸爸。"

夏曦呆住了，十个多月的宝宝，居然叫他——爸爸。

那些大道理一下子都被夏曦丢到九霄云外去了，他扑过去，把宝宝扶起来，坐在床边，面对面地看着。

"宝宝，再叫一声。"

"爸啊——爸。"宝宝清晰地说。

夏曦兴奋地一把抱起孩子，冲到了厅里。

"你们听听，他叫我了。"

大家立刻围了过来。每个家庭都是如此吧，孩子的一点点进步，都会让家人兴奋莫名。而太奶奶蹒跚的背影也被夏曦抛到了九霄云外。

过了几天，关泓主动跟夏曦讨论起这个未完的话题，客厅里宝宝正和外婆在玩，开心地咯咯大笑。

夏曦一时的兴头已经过去了。

关泓问他，准备什么时候跟外公外婆开口，请他们回去？夏曦改变了主意。

"你爸妈在这里，陪孩子玩的人也比较多一点，我爸妈也可以轻松一些，我看还是过过再说吧。"

关泓也就算了，毕竟，自家人，脾气上来的时候吵得不可开交，可大部分时候，总还是能帮上不少忙的。要不是外婆在这里，关泓哪有时间出去工作呢？

日子看起来在泛了一圈涟漪之后，恢复了平静。可树欲静而风不止，居委会的人找上门来了，因为太奶奶到居委会把他们给告了。

原来太奶奶回去之后，见爷爷奶奶在她出院后就一头扎进了孙子的家，又对她不闻不问，越来越不高兴。而本来陪她住着的夏晨，在耐着性子跟她住了两个月之后，搬走了。

这事情也不能怪夏晨，太奶奶晚上睡不着觉，把音量开得很响地看电视，又对夏晨的行踪很感兴趣，每一通电话都要仔细盘问。

夏晨跟她说："奶奶，我已经成年了，我爸妈都不管我，你就别累着自己了。"

可太奶奶偏还引经据典地反驳她。

"夏晨，你在我这里，我就要对你负责任，这是天下每个老奶奶的通病。你看今天的《良友》上就有这么个笑话，说有个老奶奶开了很多治疗失眠的药，人家一看，里面还有避孕药。人家就问她了，老奶奶这药跟失眠没什么关系啊。她说啊，我每天不把这药放在我孙女的牛奶里，我晚上就睡不着。你看看，我这种奶奶还算好，只是问问，还没给你下药呢。"

夏晨把奶奶的话告诉林丹的时候，林丹笑得差点从椅子上摔下来。

"这样的老奶奶，还真是有意思。夏晨，你们家真是开心的一家子。"

"去你的，你试试，夜里两点，她还在看电视剧，还进来把你喊醒，问你要不要吃夜宵，那时候我真是连死的心都有了。"

所以，夏晨下定决心搬了回去。

这下一切又回到了起点，谁来陪太奶奶呢？

太奶奶打电话给儿子，希望他来陪自己住几天。夏爸爸犯难了，太奶奶的家离林素公司实在是太远。他旧话重提，问太奶奶能不能搬来住，被太奶奶拒绝了。

几次谈判不成，太奶奶感到了深深的失落。这些人，有了孩子就不要老奶奶了，想当年，要不是我鼎力相助，你们的两个孩子怎么带大？你们夏曦买房子我也是出钱出力，现在我只是要你们多陪陪我，就这么难？

"我还能有几年好活？只不过想多看看他们而已。"坐在居委会谈心的太奶奶，说到伤心处，留下两行老泪，居委会的工作人员也忍不住伤感起来。

是啊，为儿为女一辈子，到老了就这么凄凉孤单地一个人，到底值不值？

太奶奶想入虞法院，控告子孙不赡养。居委会的刘阿姨问清楚老太太的情况，觉得她有点小题大做。

"夏奶奶，你自己有养老金，有房子住，告他们不赡养，好像没什么意思哦。"

"我又不是要他们的钱，我只是想让法院规定一下，他们要来多陪陪我。比如说，每个星期来看看我，这总不过分吧。"

"这样啊，那我看你没必要上法院，我去做做他们的工作好了。"

这些天，夏爸爸也是忙得要命，公司里一批法国订单，四个系列一百多件衣服要打样出来。夏爸爸每天只睡五六个小时，因为睡眠不足，得了重感冒，林素死活把他赶回来休息，才睡下去，夏曦的电话就来了。

原来太奶奶想象当中他们六个人围着一个孩子转，自然整天都在夏曦那里，她还不知道儿子在林素那里打工，所以把夏曦家的地址给了刘阿姨。

一听居委会的人为了太奶奶的事情上门来调解，夏爸爸忍着头疼赶过来。

夏爸爸听说太奶奶到居委会去哭诉，一肚子的不高兴，搞什么，好像我是个忤逆的儿子，做了什么对不起你的事情一样。

"夏师傅，你们家夏奶奶蛮可怜的，就这样一个人孤零零地住着。你们要么就把她接过来住几天，要么就过去陪她几天，或者每个星期上门看看她，老人的要求其实也不是很过分的，你说是吧？"

这些道理夏爸爸怎么会不懂呢？但他是个要面子的人，既然你去居委会把我告了，那我偏就做个不讲理的人。

"不去，我忙得不得了，我说把她接到家里来住，是她不肯。她要是一个人吃不消，我们家的门总是开着的。去，我没办法，手上一摊事情，走不开。"

夏爸爸几句话就把谈判的门给关上了。

刘阿姨叹了口气，一个不愿意上儿子家，一个不愿意去老妈家，这个结打死了，解不开。

刘阿姨才回到居委会办公室，太奶奶就赶来了。

"怎么样，他来不来？"

"夏师傅好像很忙的，他还是那个建议，叫你住到他家里去。"

"开什么玩笑，三个人加起来两百多岁了，睡在十几平米的一间房里面，临到老了还叫我过这种日子？"

刘阿姨心里觉得这个老太太也实在有点矫情，嘴巴上只能再劝。

"夏奶奶，我看你儿子面色很不好，你孙子那边也是一团乱，带个小孩实在是辛苦。你看，是不是再商量商量？"

夏奶奶却认为这个刘阿姨实在不会办事，话不投机。

一计不成再施一计。电视台有个专门倾诉家长里短的节目，老太太居然一个电话打去了节目组。

"我被儿子孙子抛弃了，虽然四代同堂，但是却没人管我！"

节目组的记者上门了解情况，就见一个头发几近全白的老太太，一个人孤独地住着，门口是一辆会爬楼梯的小拖车，装着刚刚买回来的菜，桌上是昨天吃剩的菜，一碗青菜已经黯淡，一碟蒸鱼也几乎没动。

"一个人，吃饭也吃不下。想当初他们孩子还小的时候，都是我烧一日三餐，现在用不到我了，就连看也不来看我一下了。"

老太太的家，收拾得很干净，干净得令人心酸。

"我每天都把家里收拾得干干净净，就等他们上门，生怕他们觉得我家里有老人味，我是每天都开窗通风的。"

编导听了，几乎要哭了出来，年过三十还没有结婚的她，几乎看见了五十年后的自己，守着一个小小的房子孤独终老。

夏奶奶像看透了她的心思一样，说："少年夫妻老来伴，怪就怪我的老伴死得太早。人家都说，有福之人夫前死，这就说明儿子女儿都是靠不住的，你看看我，不仅有儿子，还有孙子孙女，现在还有了曾孙子，有什么用，还不是一个人。"

台里正好要做一期空巢老人的专题，夏奶奶简直就是最典型的例子，于是，编导报了选题，领导一看——好，详细采访。

电视台的人扛着摄像机进了小区，邻居们激动了，这是什么情况？说是采访空巢老人的专题，几个一误传，到最后变成了采访虐待老人的专题。

关泓和夏曦没想到平生第一次上电视，居然成了反面教材，第一反应就是关上房门不接受采访。实习编导更加义愤填膺，在门外一通义正辞严的指责。

"你们怎么能生了小孩子就不管老人？你们小的时候不全靠你们奶奶把你们带大吗？太忘恩负义了，你们开开门，我们有采访的权利！"

这是个新到工作岗位不久的实习编导，之前是个摄像，虽然工作热情很高，但却忽略了被采访对象的感受。

关泓在屋里一边哄着吓得大哭的孩子，一边抱怨："夏曦，你们家的人怎么都这么不省事，我们做什么了，要到电视台去告状？我真的不懂了，搞的家无宁日的，有意思吗？我们还要不要出门了？"

夏妈妈和夏曦也手足无措，看着黑呼呼的摄像机镜头，觉得自己好像犯了什么罪被抓了现行一样。或者说，标着电视台标志的摄像机，不亚于一支枪，对准了这两个从来没有过任何被采访经验的人。

夏爸爸被儿子儿媳急电召来。

前几天是居委会，今天干脆来了电视台，夏爸爸不禁大发雷霆。

"我到底干什么了你们这么不依不饶的？我们家还有不到一岁的小孩，你们能不能为我们考虑一下？我们还要不要过日子？"

"我们来就是给你机会解释的，如果你问心无愧，那么就跟我们谈一谈。"

"有什么好谈的，你有什么资格要求我谈？我又没有虐待老人，我没什么不对的地方。法律也没规定，儿子必须和妈妈住在一起！你们都和自己的父母一起住吗？自己做不到的事情不要要求别人！"

记者的光临，让关泓父母十分恼火，甚至还有一点点羡慕，居然，看不出来，夏爸爸还会成为记者追逐的焦点呢！

很快，事情演变得失控了，电视台播出了太奶奶的节目，夏爸爸的某几句话也被编导摘录了出来。甚至，电视台还请了专家来专门讨论夏爸爸提出的问题——法律没规定，但如果年迈的母亲提出了，想和儿子住，该怎么解决？

虽然，节目做得很客观，大家也从不同角度分析了，并没有完全一边倒地谴责。但是夏爸爸却很光火，镜头前的他，好像是个十分冷漠和不孝的儿子。

活到快六十岁，夏爸爸第一次这么委屈。对于自己的妈妈，他一直十分尊重，这一次，他也没觉得自己有什么过分的地方。但他最亲爱的老妈妈，却和他开了这么大的玩笑，让他连出门的勇气都没有了。

节目播出后，太奶奶怯生生地打了电话来。其实，在发泄完之后她也后悔了，她没有想到，电视会产生这么大的影响，小区里的拳友和她还在世的几个老朋友，纷纷打电话来安慰她，大家居然都看了这个节目。

夏爸爸接了太奶奶的电话，也没和太奶奶发火，只是淡淡地说："妈，以后有意见你直接跟我讲，我有做得不对的，你直接告到法院叫他们把我拿去法办，只要我违法了，我认。现在我忙得很，没空陪你出风头！"

这之后，夏爸爸再也不和太奶奶说话了。

关泓和夏曦心里也不好受，说来说去，好像是为了孩子才吵成这样。关泓倒是跟夏曦商量了几次，想把孩子带去给太奶奶看看，顺便缓和一下关系，但爷爷坚决反对，两人也只好作罢。

日子就这么在平淡中纠结着一天天向前走，因为有一个孩子在默默成长，所以显得快而具体。年轻的爸爸妈妈们，用孩子的成长点滴来见证岁月的流逝，十个月，孩子会站了，十三个月，孩子走得很稳……孩子，每天都有新花样，让人生也变得充实起来。

小萱萱要上小学了，还记得那个圆溜溜胖乎乎想跳芭蕾舞的小女孩吗？这几天她正烦恼着呢，因为她将面对人生的第一次面试。

小学的入学，几乎比高考还难，这几次的芭蕾舞课，罗晓燕都在和小萱萱进行着关于面试的交流。

一心希望给孩子一个快乐童年的她，没有给孩子上过任何学习方面的辅导班。小萱萱只是会唱歌跳舞，喜欢自己用水彩笔画画。

在关泓看来，画得还蛮有意思的。

但她既没有参加过全国性的大赛拿过奖，更不会 1500 个常用字。

上超市她已经会自己付钱了，但 20 以内的加减法并没有学过。

听说现在孩子上小学都要会这些东西，关泓想不通了，如果这些都会了，还要上学干什么？

罗晓燕叹了口气说："是啊，我也这么说。可是我们非考上家门口的这间小学不可。你想，现在孩子上学早，如果就在家门口上学，每天起码可以多睡半小时，长身体的小孩子别的都是假的，睡不够是真的。但偏偏这所学校是民办的，不按地段，不考不行。早知道买个学区房就好了，现在是来不及了。"

关泓在报纸上不止一次见过"学区房"这三个字，可总觉得和自己没什么关系，现在看着罗晓燕如此具体的烦恼，让她也焦灼起来。

她回去和夏曦商量，夏曦反问她："什么是学区房？我们宝宝什么时候要用？"

关泓被问住了，她打电话给苑苑。苑苑倒是无所不知，给关泓好好上了一课。那些大道理就不说了，关泓捕捉到的信息是，苑苑他们去年就贷款买了一间学区房，他们的房子离关泓家不远，这座新的小区里有一个很好的实验幼儿园，苑苑就是冲着这个买的。

"以后这边的小学中学都会建好，上学的问题一次性就解决了。所以，情愿现在苦一点，贷款买呗，这样孩子以后折腾得少点。"

人就是有这么点从众心理，"学区房"这三个字本来是一颗小小的种子埋进了关泓的心田，但在和苑苑谈过之后，种子开始发芽。

于是，借着去超市买东西的机会，关泓到楼下的中介公司打听了一下苑苑说的那个楼盘的房产情况。

中介很忙碌，听说关泓要的那个小区，摇了摇头："现在没有，这个小区的房子很抢手，一出来就没有了。你实在想要，给我留个电话，有消息我通知你。"

等了一个星期，也没有回音，关泓本来是问问而已，这一下倒有点心痒难熬了。看来这学区房还真的是很热啊，不趁着孩子小去解决，就怕以后真的需要又买不到了呢。

关泓决定上网去找，这一找，还真给她找到一套。她立刻兴奋地通知大家，咱们要换房子，换一套学区房。

一听要换房子，夏曦不同意，从各种宝宝的用具，到车子，已经折腾掉几乎全部的家当，这种高价的房子，根本就不是一般工薪阶层能买得起的。

关泓说，这个楼盘供不应求，怎么会没人买得起？我不相信买这个房子的都是有钱人。人家苑苑家跟我们的条件不是也差不多吗？人家都是以房养房，小房子换大房子。

外公外婆自然竭力主张买房子，不过他们没什么钱可以出，只能精神上支持一下。外公正好又在报纸上看到了关于学区房的报道，更是在言论上滔滔不绝支持了关泓的理论。

"我们家宝宝要从名牌幼儿园开始，上名牌小学名牌中学名牌大学，以后成为精英和知名人士！"

爷爷奶奶听说是为了给孩子上学用，觉得关泓列出的种种好处的确站得住脚，主观上同意了关泓的想法，把现在的房子卖掉付首付，然后大家慢慢按揭还。

有了爷爷奶奶的支持，关泓也不执著于说服夏曦了，开始一门心思地挂牌卖房子。第一周，房子挂出去，看的人还不少，关泓觉得新房子简直就能手到擒来。

可是，一个周末过去，房子的限购令下来了。

房产市场立刻停顿了，看房子的那些人，真正来议价的又不多了。中介让关泓少挂十万块，就能成交。

可关泓算来算去，挂低十万的话，买新房子是死活都不够，所以只能按兵不动。

关泓忙着买房子，忙得团团转，于是夏曦陪孩子的时间长了起来。他发现，宝宝有很多坏习惯，吃饭靠喂，睡觉要抱着，还爱打人咬人。

夏曦跟关泓谈论，是不是要在孩子的教育上下点工夫。

关泓的心思却完全不在上面，每天吃饭都和爷爷奶奶外公外婆热烈地讨论换房子的事情。

夏曦提醒他们，孩子的教育比上什么幼儿园更重要，与其考虑学区房的问题，不如好好教育孩子。

关泓嗤之以鼻，她觉得孩子的起点比什么都重要，只要进了好学校，老师自然会教，身为父母，最重要的就是把最好的物质条件提供给他。

正好报纸上登了一则幼儿园老师打孩子的新闻，爷爷奶奶外公外婆听了都胆战心惊，夏曦也无法反驳，只能支持关泓上优质幼儿园的论调。

可是，卖房子给关泓的张太太，是一分钱也不能降价，而要买房子的李太太还在等着关泓降价，这买学区房的问题，僵持在了钱上。

关泓和夏曦的钱早就花得七七八八，尤其两人的收入都极不稳定。关泓还在芭蕾舞团跳她的群舞，业余做做模特。夏曦的网店是时好时坏，根据两人的收入情况，贷不到多少款。

夏家父母在关泓和夏曦买车的时候已经弹尽粮绝了。现在夏爸爸手上虽然还有几万块钱，但那是存着给夏晨结婚用的，怎么都不能再动了，就算动用，对于七位数的房价来说，也只是杯水车薪。

卖掉老房子，差不多两百万。要买的新房子，面积大不了多少，却要三百多万，这百多万的缺口拿什么去填呢？

为了学区房，夏爸爸没办法，只好硬着头皮上，去找母亲要钱。

这是夏爸爸能想到的最后一条路了。

其实太奶奶早就盼着儿子上门，听媳妇说儿子要来，就买好了他爱吃的猕猴桃，还亲自炖了一大锅腌笃鲜。

母子一见面，夏爸爸见母亲头发全白了，再喝下太奶奶颤巍巍盛过来的一碗热汤，不禁有些感动。添了小孙子，把老人家给疏忽了，现在又是无事不登三宝殿，实在是开不了口。

但不开口不行啊。

夏爸爸清了清嗓子，开始诉苦："妈，我真羡慕你，像我这样的儿子，虽然不争气，但总算成家立业都不用你操心。现在时代不同了，孩子们的压力太大，弄得我们这些老的，还要出去打工。"

太奶奶看了看儿子斑白的两鬓，也不是不心疼的，但嘴上却不想让他太爽。

"那是你自己想不通，老年人要为自己多想想。远的不说，你就看看我好了，这么长时间你对我不闻不问，我要不是自己有房子，手上也还有点积蓄，早就在街头饿死冻死了。养儿防老，我看是句屁话。"

面对母亲的数落，夏爸爸也不接口，继续顺着自己的话往下说。

"话不是这么说，我们到这把年纪还有什么需求？还不都是为了子孙后代活着，总不能眼看着他们那么辛苦，自己有能力也不伸手吧。"

太奶奶冷笑了一声："哼哼，我劝你们头脑清醒一点，儿孙自有儿孙福，有钱就多花一点，没钱就省着点花，做大人的把他们培养到大学毕业，结婚的房子都准备好，还不够啊？你看看我，辛辛苦苦把你带大，又千辛万苦把你的儿女带大，你给夏曦买房子，我还动用棺材本给他贴装修费，结果呢？你们有了小的，连看我一眼的时间都没有，我的今天就是你的明天，做人，别像我这样鞠躬尽瘁，还是有所保留的好！"

母亲的一番话说得夏爸爸无言以对，只能悻悻离去。

说到房子，夏晨却很得意，她新谈的男朋友叫江上，人很内向，但相处得还不错，没半年就打算跟夏晨领结婚证了。

这一天夏晨兴高采烈地来告诉爸妈，她和江上下午去领证。

夏家父母高兴极了，这个老大难问题终于要解决了。

这一次夏爸爸学乖了，只要你喜欢，我们没意见。夏妈妈也是满心喜欢。夏晨更是得意洋洋，原来江上已经准备好了买房子的钱。

夏爸爸跟夏妈妈商量，如果夏晨能有自己的房子结婚，就把老房子卖了，卖房子的钱不仅可以支援夏曦，也可以多贴一点给夏晨结婚。

这一天，真的是个好日子，大家都喜气洋洋，所有的问题，因为这个有婚房的江上要和夏晨结婚，全解决了！

这一天，夏曦的想法也有了改变。他在自己建立的奶爸微博群里讨论学区房的问题，听说关泓看上的那个楼盘附近有一所实验幼儿园和一所公办的优秀小学，如果在那里买房子，能一步解决宝宝上幼儿园和小学的问题。

一个从事银行理财工作的奶爸发言说，学区房的投资总是不亏的，孩子上学的问题解决了，以后到孩子上中学了，把房子一卖，还能抵抗通胀，有能力的人可以考虑。

夏曦细想想，这的确也没什么不好。

夏曦看见关泓回家，兴冲冲地想告诉她自己想法的转变。

没想到关泓灰心丧气地倒在沙发上。

原来楼盘的二期开盘了，原以为两万元一平米就能拿下的房子，现在涨到两万八千元了。关泓看的是最小的户型，面积也有九十平米，加上各种费用，一下子多出了将近八十万。

夏曦跟关泓一算账，首付要准备将近一百万，房子才能拿下，之后还要还上三十年，每个月要还将近一万块。

关泓的月工资不到四千元。夏曦网店的收入不稳定，多的时候有万儿八千，少的时候只有一两千的，算来算去，这房子死活是买不起的。

才刚刚有些松动的夏曦从现实出发，劝关泓还是放弃这种天价买学区房的念头，关泓叹了口气，不放弃怎么行呢，总不能抢银行去。

夏晨也灰心丧气地回来了。

在领结婚证之前，江上忽然要跟她签一个协议。

原来江上想在上海买房，但限购令一出来，已经买过一套房又没有上海户口的他，不能再买一套他早就看上的房子了，所以他急着跟夏晨结婚，希望夏晨能跟他签个协议，以后如果离婚的话，他付给夏晨房款的10%作为补偿。

还没结婚已经在计划离婚的事情，夏晨觉得江上所谓急着跟她结婚的动机也许只是为了买房子，夏晨气得将水倒在他的头上，扬长而去。

快乐的一天，有着意想不到的"洗具"开头，然后又以"杯具"结束。

晚上，关家父母给了关泓一个建议，他们决定回沈阳去，这样的话夏家父母可以住过来，那么就可以把他们的房子卖掉。两套并一套的话，买房的希望就大了。

"关键的时候，爸妈总是支持你的。我们当然愿意跟你们住在一起，天天看见孩子，可是为了孩子上学的问题，我们情愿回去。"这一次关泓感觉到了妈妈的诚意，困难时期，一家人又有了一家人的样子。

第二天，两家人坐下来商量这件事。关泓主动邀请爷爷奶奶住回来，让他们受宠若惊。

那套房子虽然面积不大，但是也能卖好几十万，差不多可以填上八十万的缺口，虽然还差个十几二十万，但距离就小多了。

关泓指望着两套房子都能各多卖几万块钱，那么问题也就解决了。

爷爷奶奶非常支持关泓买房，尤其是奶奶，听说可以和儿子孙子一直住下去，一口就答应了。爷爷却有点犹豫，毕竟这是老俩口唯一的一套房，如果有什么问题，连个退路都没有了。

但当着关泓爸妈的面，爷爷不能说出自己的顾虑，只好说，夏晨还没有出嫁，总要和她商量一下。

回到家，爷爷和奶奶就嘀咕上了。

奶奶觉得这个建议好得很，自己的儿子还有什么不信任的，爷爷见奶奶那么坚持，也就不开口了。

上班的时候，夏爸爸又跟林素聊起这件事，林素也支持夏妈妈的看法，她是这么说的。

"老夏啊，要是现在儿子孙子需要你捐一个肾出来，你肯不肯？"

"救命的事情，别说一个肾，全部器官捐给他们也没意见。"

"换句话说，你的命你都可以换给他们，对不对？"

"尤其是小孙子，子弹飞过来，我　定毫不犹豫挡在他前面。"

"那不就结了，现在孩子要上学，需要买学区房，别说你儿子媳妇还要你们一起住，就算他们不接你们去住，你们租房子住有没有意见？"

"为了孩子要上学的事情，我们当然可以牺牲。"

"对嘛，只要做好租房子住也没关系的打算，卖了房子支援他们我看没问题。再说了，我这个人很现实的，你妈那里还有一套房子，实在不行住你妈那边，你们还是有退路的嘛。"

不愧是林素，三两句就把夏爸爸的思想工作做通了。

可当夏家父母和夏晨一开口说这件事，夏晨就炸了！

"卖了这套房，让我住哪里去啊，难不成我也住到弟弟家里去？我又不是要这套房子，但好歹让我住到有能力搬出去的那一天啊！你们说卖就卖，我不同意。"

夏妈妈还想跟夏晨再商量商量，夏晨一口回绝。

夏爸爸也不含糊，说这房子是我们的，要卖就卖，跟她有什么关系，已经把她养到30岁，早就可以自立，问她一句不过是走个形式，我是户主，我决定了——卖房！

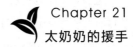

"她要是不同意，就跟她明讲，她不是我们夏家的亲生女儿，我们没有义务把财产留给她。"

夏妈妈一听这话就急了，好好的一家人，买房子也是喜事，可千万别闹得四分五裂。

"既然养了她，我就当她是亲生的，这个秘密千万不能告诉她。"

夏爸爸叹口气："我也不想真的伤害她，可是她这么不懂事，我不能不管我的亲儿子亲孙子吧。"

夏爸爸和夏妈妈没敢把夏晨不同意卖房的事情告诉夏曦，但关泓那边已经不耐烦了，觉得说回去卖房子想办法的，忽然又没了动静，估计还是不愿意卖房子。

关家父母又有了新主意，外婆建议可以把他们在沈阳的房子卖掉，和关泓他们合起来买房，不过房产证上要写上他们的名字。

爷爷一算这账不对了。外公外婆的房子卖掉不过五六十万，新房子差不多要三百万，他们一家三口的名字一写，夏家只占了四分之一产权，以后夏曦跟关泓万一有什么问题，夏曦可就吃亏了。毕竟这房子大部分的钱是关泓和夏曦出的，而关泓和夏曦占的份额里，很大一部分的钱是卖掉现在的房子产生的，而现在的房子却是爷爷奶奶给夏曦买的，夏曦只还了不到十万元的贷款。

这话跟关泓一家又说不出口，好像人家过得好好的，你们这里却算计着人家离婚以后的财产分配合不合理，有点太过了。

爷爷奶奶只能硬着头皮说我们正在想办法，你们再等等。

关泓也不含糊，把两边的房子都挂到了网上，先卖起来，就当是询价。

走马灯一样地迎来了看房客。爷爷奶奶的房子地段好，总价低，很快就有人要付定金。不过对方提出要求，一定要在房屋交割的时候迁走所有的户口，因为他们也是想上爷爷奶奶房子地段里的小学。

这下麻烦了，夏晨不肯把户口迁走，而且就算她肯迁的话，也要有地方迁啊。唯一的去处就是太奶奶那里，可是太奶奶不是跟爷爷搞僵了吗？爷爷上次去借钱，不仅没成功，还被数落了一顿。

现在又要去为了户口的事情开口求他，爷爷张不了嘴。

谁知太奶奶自己上门来了。

关泓和夏曦正在陪孩子玩推推车，听见门铃响，以为是爷爷来了，问也没问就开了门。

门一开，关泓就被太奶奶训了一顿。

"你们警惕性也太不高了，也不问是谁就开门，我要是坏人呢？"

关泓笑笑，好长时间不见，太奶奶还是这么有精神。

太奶奶眼神再一扫，看见了地上站着的夏关风。

小朋友正用桂圆一样圆溜溜黑漆漆的眼睛盯着太奶奶看。

太奶奶的心立刻融化了。

"哦哟，我的小心肝，还认不认识太奶奶啊？"

小朋友忽然绽开一个甜甜的微笑。

太奶奶上前一步，一把搂住小朋友，一迭声地说："囡囡啊，你对太奶奶这么一笑，太奶奶这把老骨头全酥了，随便你要煎要炸都行。"

大家笑了起来，气氛立刻就融洽了。

因为是外婆和奶奶带大的，夏关风小朋友对老太太有一种亲切感，自从太奶奶来了，他就认真地端坐在太奶奶的膝头，摆弄着太奶奶衣服上的扣子。

太奶奶得意无比："这孩子，比你们这些大人都懂事。"

说着说着话，自然就讨论到了学区房的问题上。夏晨也在这时候赶来了，她本来是要去太奶奶家里诉苦告状的，邻居告诉她老太太上孙子家去了，她一想，这是要密谋啊，忙不迭地赶来了。

一进门，夏晨就扔下响当当的一句："你们别想动我的户口，要动也行，从此你们就当没有我这个女儿。"

太奶奶脸一板："夏晨，你别把话说得太满。我跟你讲，只要老奶奶在这里，自然能帮你们把事情都圆满解决了，不然我这八十年不是白活了吗？我想过了，干脆卖了我的房子去贴夏曦，我就在你们的房间里搭个铺，你们也好照顾我。夏晨也不用闹，我的钱给我的曾孙子，你们谁也没有份。你爸妈的房子以后你跟你弟弟两个人分，一家人，何必闹成仇人一样呢。"

夏晨倒没想到太奶奶自己把死结给打开了。

太奶奶越来越老了，一个人住也不是办法，这样钱的问题，照顾太奶奶的问题都解决了。关泓和夏曦也舒了一口气，有了太奶奶卖房子的这几十万，换房子就成了可能。

也许是受了太奶奶的促动，外公外婆不甘人后，也高风亮节起来，他们说可以把沈阳的两房换成一房，把差价拿来给女儿，他们的名字也不写了，只要在房产证上写上外孙的名字。

这边夏家为了买房子的钱全家总动员，那边有钱的人家却在花大价钱买成年人的玩具。

林丹想换一辆跑车，要八十万，特地让夏晨陪他去看。

夏晨提醒林丹，开这种车子要当心，在城市里开车不是赛车。林丹让夏晨跟他去遛遛车，没想到夏晨开车又稳又快。林丹很佩服，缠着夏晨让她当师傅，夏晨要林丹按时价算钱给她。

林丹问夏晨为什么这么爱钱，夏晨跟他讲了弟弟买房子差钱爸爸妈妈卖房子去贴钱的事。林丹很讲义气地说，我帮你们想办法。

林丹去跟林素要钱，林素因此知道了夏爸爸买房子缺钱的事，主动要帮助他。夏爸爸考虑再三，还是拒绝了。

太奶奶的房子有人出钱买了，关泓这边却又变卦了。

这一天午饭的时候，关泓和奶奶闹得很不开心，事情是从一块饼干闹起来的。

要吃饭了，宝宝却闹着要吃饼干，奶奶随手就拿了一块给他。

关泓连忙把饼干夺了下来。

饭前半个小时，关泓是不给孩子吃零食的，怕影响孩子的胃口。可已经把饼干抓在手上的宝宝不愿意了，在地上打着滚就要饼干。

"要！要！要！"口水鼻涕眼泪糊了一脸，看起来很让人不忍心。

在这方面关泓最近和苑苑交流了很多，苑苑觉得孩子是不能纵容的，尤其是两岁多的孩子，其实已经很懂事了，一旦纵容就会越来越执拗。

关泓听进去了，所以当宝宝在地上打滚的时候，她觉得不闻不问，让他闹下去，闹累了自然就会停止。

可在厨房里做饭的奶奶受不了了，她从厨房里奔了出来，又把一块饼干塞在了宝宝手里，还在关泓身上装模作样地拍了一下，嘴里安慰着他。

"宝宝，妈妈不给你，奶奶给你，奶奶帮你打过妈妈了哦。"

这是中国老太太带孩子时候的一贯伎俩，但在新一代的父母看来却是很要不得的。首先，父母的权威被破坏了，再一个，孩子的教育得不到实施，脾气会越来越差。

所以，一想到孩子从此会被惯得不成样子，关泓光火了。

她手一挥，把宝宝手里的饼干打掉，严厉地说："要吃饭了，不可以吃零食，听话！"

这句话是对宝宝说的，奶奶却受不了了，这不是明摆着指桑骂槐嘛。

最关键的是，宝宝失去了饼干，撕心裂肺地大哭起来，最后气得连午饭也没有吃。奶奶心疼呀，这么点大的孩子，怎么能少掉一顿饭呢，还不得饿坏了？

关泓一点不买账，饿就饿吧，真的很饿了他自然会吃。

下午，关泓出去排练，临走的时候关照了，千万别随便给他吃东西，让他饿到晚上，好好吃顿晚饭，也顺便给他个教训。

关泓前脚走，奶奶后脚就端着虾肉馄饨出来了。外婆也不舍得孩子，两个人悄悄地给宝宝开了小灶。

晚饭的时候，宝宝吃得还是不多。关泓纳闷了，这家伙，难道成仙了？

宝宝自己得意洋洋地揭秘了："阿婆和嗯奶给我吃过小馄饨了！"

关泓放下筷子就进了房间，她真的生气了。

在她看来自己是为了孩子好，可是外婆和奶奶都不能理解。

同样的矛盾其实发生过很多次，但发生在将要决定长期甚至永远住在一起的决断期，关泓觉得这是个不好的兆头。

为了多挣些钱，如今的关泓忙得要命，只要不是团里排练的时间她就尽可能地在外面接活，做模特来的都是现金，一个月下来实在是不少。可是留给孩子的时间就变得少多了。

未来，孩子要上学要恋爱结婚，尤其在叛逆期和青春期，如果爸爸妈妈教育了，爷爷奶奶却一味护着，两种甚至三种不同的教育理念混在一起，最终害的是孩子。

这个道理懂的人不少，可是，实际操作起来做不到啊。有几个妈妈可以太太平平，心无旁骛地在家全职教孩子，并且用的方法就一定是对的呢？

当然，每个做妈妈的都会觉得，起码我比家里的长辈要进步！

关泓打电话给苑苑，苑苑也很支持她的论调。

"所以，你看我，情愿自己累死，也不要我妈和我婆婆来带孩子。我自己带的，好与不好我自己负责任，他们一掺和进来，会给孩子很不好的影响。有的孩子就因为是爷爷奶奶外公外婆带大的，满地打滚察言观色见风使舵挑拨离间，什么都会。我可不愿意我们家朵朵变成那样，太不可爱了！"

挂掉苑苑的电话，早上宝宝在地上打滚的画面再次浮现在关泓眼前。

不行，不能为了学区房，就和公公婆婆住在一起，自己的妈妈还可以随便发发脾气，婆婆可就没那么好沟通了。

正在犹豫的时候，偏又让她看见了一个电视节目，一个看起来很有气质的公司白领相亲，说到之前离婚的理由，说是在孩子长大的过程中，和婆婆的矛盾越来越大，丈夫受不了家里的气氛因此而有了外遇，最终在结婚的第五年离了婚，孩子现在跟丈夫生活。

关泓仿佛看见自己坐在那里倾诉，简直不寒而栗。

于是，为了学区房闹腾得最凶的她，忽然改了决定。她不打算买两房和公婆住在一起了，退而求其次，选择一个旧的小房子解决孩子上学的户口问题。

关泓重新再去找学区房，她看中一套四十平米顶楼的老房子，要两万五千元一平米，算下来也要百多万。关泓煽动爷爷奶奶把老房子卖了加点差价把这套房子买下来，把宝宝的户口迁过去。

她算了算账，以后早上把宝宝送去上学，公婆放学后接回来，吃完晚饭再去把他带回家。这样的状态，爷爷奶奶可以帮忙接送和照顾孩子，而教育的问题还是可以由自己控制。

爷爷奶奶只要是为孙子，什么都可以答应。夏晨听说这个方案，开始也是同意的，毕竟这样她还可以和父母住在一起。可是看了那套房子后，夏晨很不满意，那房子在六楼，是一室户，根本没有厅，几乎是毛坯的。

明摆着只能住进去爷爷奶奶，没有自己的地方。

夏晨自己也去那附近看了房子，如果要买两房的话，就要近两百万，根本买不起。

为了打通夏晨的关节，关泓也积极想办法。

只要给夏晨解决一个结婚的对象，把她嫁出去，爷爷奶奶那边就没有障碍了。

于是关泓动用所有的人脉关系，为夏晨找对象。

夏晨有个奇怪的习惯，坚决不能接受相亲这种方式，但这一次，关泓给夏晨准备的这个相亲对象实在是有太好的条件。

首先，学历是博士，医学博士，在一家著名的医院担任外科医生，其次是有豪华的婚房，在浦东世纪公园地段的三房两厅，全装修房。

关泓跟奶奶介绍这位侯先生的时候，简直要流口水——这样的条件我要是没结婚也会考虑的，不是说句触霉头的话，家里有个医生总归方便一点，何况人家还是专家级别的。

爷爷和奶奶也很看得中这位侯大夫，太奶奶更是死活逼着夏晨去相亲。

夏晨不去，爷爷奶奶就把这位医生请到了家里，结果夏晨临时出差，来不了。临出门的时候，侯博士还随手把放在家门口的垃圾给带下了楼。

这下连外公外婆夏曦都看出了优点。

当然，侯博士有一个明显的缺点，个子比较矮，基本上夏晨跟他在一起，这辈子就别想穿高跟鞋了。

可是，外婆总结得很有水平，夏晨这把年纪了，成天穿着高跟鞋也未必嫁得掉，又何必在乎穿不穿高跟鞋的问题呢。

全家一致表决，夏晨可以不用相亲直接成为侯太太。

夏晨发现自己很可能在某个晴朗的日子被家人打包了直接送去婚姻登记处，觉得还是先亲自见一见侯医生为好。

为了便于监督，关泓把相亲的第一场安排在了苑苑推荐的"一茶一坐"龙之梦店。那里有狭长的走廊，落地玻璃窗，夏晨和侯先生的一举一动，都可以远距离观察。

那天，夏晨是成心要让自己铩羽而归的，所以她穿着旧毛衣破洞牛仔裤前往。见了侯先生，她也不说话，直接点吃的，津津有味吃完，又点喝的，胡吃海喝一顿之后走人，几乎没有聊天，更没有介绍自己的爱情观价值观。

夏晨想，别人见到这样一个吃货，自然吓得缩了回去。

没想到各花入各眼，侯先生对夏晨却十分满意，他认为夏晨很真实，很爽快，很洒脱，和他平时接触的护士小姐医生女士都不一样。而他就喜欢和一个这样能吃能喝不爱说话的女人生活在一起。

换言之，他对夏晨一见钟情。

这下夏晨郁闷了。

每天下午五点，她都会准时接到侯医生的电话，问她晚上有没有空，能否见面。人家彬彬有礼，夏晨也没法直接拒绝，只能详细介绍了自己的工作状况，然后借口要加班，回绝他。

没想到这种约会与拒绝的流程居然走了一个月，侯医生还没厌倦。

夏晨倒不好意思了，人家也是堂堂正正专业人士一枚，不能这样羞辱人家吧。于是夏晨决定和他见第二次面。

这一次，夏晨决定给他一剂猛药，让他知难而退。

想来想去，夏晨把目光落到了夏关风小朋友的身上，人家正在认真地撕扯着桌子上铺着的塑料台布，这已经是他这一周干掉的第二块台布了。

把这样的破坏王带去给侯先生见见，告诉他，这是自己和前夫的孩子。

夏晨不禁为自己的金点子击节叫好。

夏晨一直保留着夏曦家的钥匙，这一天，她悄悄开了门进去。正是做午饭的时间，奶奶在厨房里忙着，外婆和小朋友在厅里玩。夏晨知道夏曦家客厅是没有电话的，因为宝宝有时候会在客厅睡觉，所以电话线接在两个房间里。

于是，在开门前，夏晨拨通了夏曦家的电话。

外婆听见电话响，交待宝宝好好看电视，然后就进屋去了。

夏晨立刻打开房门，抱起宝宝就冲了出去。

宝宝好奇地看着姑姑。

昨天姑姑特地给宝宝买了玩具小火车送来，所以宝宝看见姑姑特别开心。

姑姑今天又有新花样了？

"小疯子，姑姑今天带你去饭店吃饭？好不好？"

因为宝宝的大名叫夏关风，为了表示自己对这个名字的鄙夷，夏晨经常故意叫他小疯子。偏偏宝宝还就喜欢这个外号。

"好呀！"小朋友欢呼起来。

咖啡馆里，侯医生很期待和夏晨见面。

夏晨扛着夏关风就进去了。

侯医生倒不讨厌小孩，哪怕他坐下来就把一杯柠檬水倒进了他的咖啡杯。

夏晨把身体侧过去跟侯医生咬耳朵。侯医生只觉得一阵麻酥酥，简直心猿意马，但听到的内容却让他目瞪口呆。

"这是我和前夫的儿子，现在判给他，我希望和你结婚之后能把他的抚养权要回来，你愿意吗？这就是我一直不肯见你的原因。"

说完夏晨拿起菜单，开始给自己和小侄子点了丰盛的一餐，留出足够的时间给侯医生消化这个新情况。

等她点完菜，侯医生似乎思想斗争结束了，他忽然伸出手热情地拉住夏关风的手，诚恳地说："放心，我会让你和你的妈妈一起生活的，你不用马上喊我爸爸，但我会真心对待你。"

这下轮到夏晨石化了，这个人简直是上天派来收容她的，似乎不管她怎样玩弄他，他都甘之如饴。

那一刻，夏晨有点感动，如果自己真的是个单亲妈妈，说不定就嫁给他算了。

小朋友却很犀利，他把侯医生的手一挥，清晰地说："我有自己的爸爸，我才不理你呢。"

身后，有人鼓起掌来。

"宝贝，说得好，爸爸来了！"

夏晨吓得全身汗毛排队，大白天的，怎么回事！

一回身，看见林丹笑嘻嘻地站在他们背后。

"我说亲爱的，我只是跟你吵了一架，又不是真的分手，你为什么带着孩子出来见野男人？我是孩子的爸爸，我会负责任，现在，你跟我回家吧。"

林丹又冲侯医生挥了挥手："对不起哦，我跟她吵了架，她一气之下回了娘家。其实我们才刚领了结婚证，我是不会和她离婚的，你找别人吧。"

林丹个子高大，一把抱起夏关风，另一只手拖起夏晨就走。

留给侯医生一个更难消化的意外情况。

走到咖啡馆外面，林丹忍不住哈哈大笑起来。

"我说大姐，你怎么用这么老套的办法去拒绝男人？"

夏晨惊魂未定，此时也觉得好笑。

"那我怎么说？因为你太矮了，我看不上你？或者说我和你不来电？拜托，这是我们全家为我包办的对象，什么理由在他们那里都不是理由，我只能用更荒唐的方式来解决。那就是让他看见我怕，自己拒绝我。我也搞不懂，这个人条件不错，为什么缠着我不放。"

"因为你这样可爱的女人，实在太稀罕了呗。"

林丹不经意的一说，夏晨的心跳却莫名其妙地加快了。

好多年了，不，自从她记事开始，就没有人夸奖过她——可爱。

Chapter 22
夏晨的身世

　　家里闹翻了天，外婆埋怨奶奶没看好孩子，奶奶解释说因为外婆陪着，所以才在厨房做饭。反正，不管两人怎么厘清责任，孩子不见了！

　　联想到当年差点被拐卖的经历，关泓立刻就要崩溃！

　　但大家都觉得不可思议的是，不过一两分钟的时间，孩子在自己家的客厅不见了，真的完全想不起来是什么地方出了纰漏。

　　关泓赶去警察局报案，警察分析是熟人作案。

　　但，家里很少有外人来，会是哪个熟人跟孩子过不去呢？

　　夏曦通过微博找宝宝，有人说在市中心的咖啡馆好像看见衣着差不多的孩子。夏曦赶去咖啡馆，夏晨已经带着孩子离开了。

　　家里也打了电话给夏晨。

　　中饭没吃上，夏晨带宝宝去吃了肯德基，然后又带他到游乐园去玩。宝宝玩得十分高兴，夏晨也因此没有听见手机的铃声。

　　晚上，外婆已经哭倒在床上，奶奶心急如焚，恨不得以死谢罪。太奶奶也赶来了，坐在那里数落奶奶。此时，夏晨却带看宝宝回了家。

　　夏晨和孩子一进门，关泓就气得大哭起来。

　　原先紧张的情绪在见到孩子之后决堤了。

　　"如果你不满意我，你直接冲着我来，为什么要这么作弄我们？"关泓第一反应这是夏晨的恶作剧。

　　夏曦也气极了。

"姐，如果你带孩子出去，完全可以跟妈讲一声，你这样是要弄出人命的！"

爷爷扑上来，几乎要打夏晨，太奶奶连忙拉住他，但说出来的话却比打了夏晨还令人震惊："她不是亲生的孩子，你不能打她！"

太奶奶这一刻真的是恨极了夏晨，提心吊胆煎熬了六七个小时，她差点就不想活了，却没想到是夏晨带走了孩子。

她不骂夏晨，却扯着奶奶不放："都是你当初非要把这个扫帚星领回家来养，这些年你看看，她哪里有一点知恩图报的样子？口口声声说我们偏向，上次要买房，也是她不肯迁户口。你一直说要瞒着她，别告诉她是领来的，你倒是好心，可你看看，人家一点也无所谓，今天我这条老命差点儿害在她手上！你这就给我把她赶走！"

太奶奶一番疾风骤雨一般的指责之后，大家都惊呆了，连夏曦也没想到，朝夕相处的姐姐，居然是没有血缘关系的领养儿。

那是另一个故事。

夏晨出生后不久父母相继去世，她又有先天性心脏病，被亲戚遗弃在医院，是夏妈妈把她带回了家，倾其所有为她治好了病，含辛茹苦地把她抚养成人。

夏晨十分震惊，她已经没有心思来解释自己带孩子出门的原因，几乎是号哭着离开了家。

林丹见到夏晨的时候，吓了一跳，她披散着头发，满脸泪痕，跟平时潇洒跋扈的样子判若两人。

夏晨跟他说了自己的身世，林丹却觉得没什么值得这么伤感的。

"你不觉得自己幸福吗？亲生父母去世了，由这么好的养父母把你养大，还给你一个那么温暖的家。"

这一晚，夏晨睡在了林素家的沙发上。林素听林丹讲述了夏晨的身世，越发觉得夏爸爸是个了不起的男人。

这一晚，夏晨辗转反侧，林素也难以入眠。

她的心泛起了涟漪，孤独的晚上，她对夏姓男人的爱越来越炽烈起来。

夏爸爸和夏妈妈则在回到自己的家里之后大吵了起来。

一直忍让的夏妈妈这一次发了火，她怪太奶奶口无遮拦，在大家毫无准备的情况下说出这么爆炸性的事情，又担心夏晨受不了要出事。

夏爸爸自然站在母亲这一边。

"她是养女，告诉她有什么不可以？越是不说，她对我们的误会越深。今天是把孩子偷带出去让我们到处找，下一次呢？谁知道她会干什么！"

"你们也不问问夏晨原因，就这样说，她怎么受得了？我告诉你，如果夏晨有什么三长两短，我跟你离婚！"

夏妈妈真的气坏了，她相信夏晨带走孩子一定是有原因的。现在，她很想找到夏晨，好好地谈一谈，但是夏晨关了手机。

夏爸爸也气坏了，夏晨今天闯了这么大的祸，联想到往日她在家里挑拨、挑剔的样子，更觉得夏妈妈是找了个祸害带回来。夏爸爸平日里对夏妈妈的怨气也一股脑儿地爆发了出来。

"我跟你讲，你别拿离婚威胁我，要不是为了这个家，我早就跟你离了。我在外面不是没有机会，可我真的是看你可怜，所以才一直忍着你，离吧！我同意！"夏爸爸扔下这句响当当的话，拂袖而去。

不过，站在午夜的街头，夏爸爸却发现自己无处可去。

这时候太奶奶一定已经睡了，关泓和夏曦也带着孩子睡着了。他漫无目的地走着，实在太累了，然后他发现自己站在了林素公司的楼下。

第二天大早，林素来上班，发现夏爸爸趴在工作台上睡着了，手边是刚刚打完的版样。林素忍不住轻轻抚摸了一下他的头发，夏爸爸立刻醒了过来。

有一刹那，他没有明白自己在哪里，然后他看见了林素微笑的脸。

"早！"林素给人一种清新愉悦的感觉。

夏爸爸有点慌乱，他跳起来，整了整衣衫。

一块零头料黏在了他的领口，林素走上前去，轻轻帮他拿了下来，然后很自然地帮他整理了一下压皱的领口。

夏爸爸本能地后退了一步。

林素在心里暗暗叹了口气，他，毕竟跟我还是生分的。

林素帮他泡了杯咖啡，又用微波炉转了一只羊角面包给他垫垫饥。

夏爸爸一边吃着早饭，一边跟林素讲起了家里的那些事，他不知道夏晨昨天其实已经在林家讲过一遍了。

往日，林素总是微笑着听，然后运用她的智慧给夏爸爸出出点子，但今天她觉得不满足了。

"老夏，为什么你和我在一起总是谈你家里的那些事情呢？我们之间什么时候开始竟然没有别的话题了？"

夏爸爸愣了一下，不谈家里的事情，谈什么呢？他的心里早就被儿子孙子女儿塞得满满的，没有别的空隙了。

"我在想，你什么时候可以谈谈我们两个人共同的话题？"

夏爸爸会错了意："哦，你说那批欧洲的订单？我今天就能全部完成，昨天正好加了一晚上的班，赶了不少活出来。"

"不，我指的也不是工作。"

"那你指的是什么？"夏爸爸很顺地接了一句，但他很快意识到林素要谈的是什么了。

果然，林素发难了："我希望你跟我在一起的时候，认识到我是一个女人，一个纯粹的女人，你说，你到底是怎么看我的？"

今天的林素变得目的性很强。

昨晚夏晨的到来，让她想了一整晚，整晚脑子里都是夏爸爸，今天，她很希望能跟他有所推进！

"听夏晨说，你和你老婆关系一直不好。昨晚是怎么回事，你怎么会整夜都没回家？如果你跟她过不下去了，你完全可以离婚！"

　　离婚，又是这个字眼，夏爸爸立刻想起了昨晚家里的争吵。第一反应，他想赶快回家去，看看夏妈妈怎么样了。

　　虽然以前两人也是这样吵个不休，但离家出走是第一次，整晚不归更是从未有过。他现在最迫切的是去跟夏妈妈交待一下，昨天说的不过是几句气话而已，他并不希望真的改变自己的生活。

　　这是面对林素咄咄逼人的进攻时，夏爸爸最清晰的想法。

　　他拿起外套，准备离开。

　　林素拉住了他。

　　"别再逃避了，你为什么回来工作？你不能给了我希望又不跟我明确你的想法。"林素今天很急切。也许，她等待得太久了。

　　"不不不，林总，我来你这里只是为了赚点钱帮助儿子，我真的没有别的想法。"

　　"开玩笑，你认为我为什么给你那么高的工资？"

　　"我想你是需要我的手艺。"

　　"诚然，你的手艺很好，但我更看重的是你这个人。我想帮你，仅此而已。"

　　夏爸爸震惊了。

　　"你听明白了吗？我喜欢上你，我希望把你留在身边。你的儿子女儿我可以视如己出，你们家面临的财政问题，我可以施以援手，我甚至不需要你真的离婚来和我结婚。我只是希望你明白我对你的心思，并且能够同样地关心我。"

　　"我——"夏爸爸失语了。是啊，人家凭什么给你这么高的工资，只是因为尊重你的手艺吗？不不不，还有其他的意思，怪你自己没看出来。

　　"可是，我的确很关心你啊。"

　　"我们都是成年人，你就别装傻了。我直说了吧，我爱上了你，我想知道你的态度。"

夏爸爸又后退了一步，好像怕林素吃了他一样，然后他说出了心里话。

"跟你比起来，我更爱我的小孙子，所以，我不可能背叛我的家庭。而我的老婆，她什么都可以忍，唯独不能和人分享丈夫。所以，我还是辞职吧。"

夏爸爸几乎像逃一样地离开了林素的公司。站在街边思考了半晌，他又给林素发了一条短信："你放心，没打完的版样，我会在这两天做完！"

林素黯然地将自己的手机扔进了手袋。

她不是没有预见到这个结果，这个世界上，婚外情离婚出轨都不是新鲜事了。但夏爸爸，还是属于比较稀少的那种从一而终的男人，他不会给自己和别人这样的机会。对他来说，家是最重要的财富，而这一点，恰恰是林素最重视的特质。

所以，这是一个悖论！改变这个男人，让他爱上你，你也就失去了他。

夏爸爸一身疲惫地回到了家，夏妈妈已经去儿子那边"上班"了。电饭锅里有一锅温热的大米粥，几样下粥的小菜摆在桌上，冰箱里放着用保鲜膜封好的中饭——两份。

夏爸爸知道，这是为自己和夏晨准备的。

一家人，就是这样，吵架的时候什么狠话都会说，但只要一日三餐还在继续，所有的问题也都会一个个解决。

夏晨也想回家，但却不知道该怎么回去。

算算时间，她知道父母这会儿应该都不在家，她决定回家去看看。林丹自告奋勇把她送到了楼下。

看着夏晨渴望但是瑟缩的样子，林丹一把把她拉到了自己的怀里。

夏晨算不上阅人无数，可也算在恋爱的路上屡败屡战，却是第一次在一个男孩子的怀抱里感觉到了温暖和勇气。

"在我的眼里你是个有情有义的女人，你很勇敢，虽然咋咋乎乎，但其实还是善良和温柔的。我相信，你知道该怎么去面对你的家人，当你需要的时候，我会在你身边。"

林丹放开夏晨，把她向门洞里一推，然后潇洒地向她挥了挥手，大步离开。

夏晨回过身，看着林丹的背影，心里竟有一阵狂喜。

原来，是这样的。

是什么时候开始，爱就这么来了呢?

且不管未来如何，今天，有一份这样的爱，怎么不觉得幸福呢?

今天的夏晨，觉得自己是不一样的夏晨，很多东西让她豁然开朗。

原来，父母不是不爱我，只不过爱的方式不同。

原来，我不是没有在爱，只不过我爱上了一个与众不同的爱。

这就像你在充满灰尘的城市中艰难前进，转过一个街的拐角，竟然会匪夷所思地看见一个小小的花园，散发着清新的气息。

虽然花园改变不了大气，但却能改变你的心情。

虽然爱情不能让生活变得富有，但却会让人生变得幸福。

夏晨回到家，夏爸爸已经离开了，电饭锅里的粥还继续保着温。她虽然已经吃过了早饭，但还是从锅里盛出一碗粥，就着小菜慢慢地吃了起来。

这样的早饭她吃了三十多年，不管是上学还是上班，夏妈妈都会早早地帮家人煮好粥，备好小菜。

几乎每一个清晨，夏曦和夏晨起床的时候，夏妈妈已经买菜去了，而夏爸爸则在收拾家里的东西，准备出门上班。

夏晨想起那些忙碌而亲切的早晨，第一次感觉到这个清贫普通的家给予自己的是十分平实但幸福的生活。

晚上，夏晨走进了夏曦的家，宝宝一见到姑姑就开心地迎了上去，伸手要姑姑抱，然后执意要姑姑坐在自己身边，和他一起看他最喜欢的《花园宝宝》。

剑拔弩张的气氛在孩子的软言笑语中融化了。关泓也从侯医生那里知道了夏晨带宝宝去见他的原因。

虽然明白夏晨撒了一个谎，但侯医生已经明确知道了夏晨的真实想法，他并不想强求，只是祝福夏晨能找到属于自己的幸福。

关泓不无遗憾地说："这真的是一个很不错的男人，不是吗？"

夏晨的身上仿佛还能感觉到林丹带给她的温暖，于是她也笑着说："但真的不是我的那盘菜。"

夏晨想了想又说："不如这样好了，你把我们夏曦蹬了，跟了他好了，他说他不介意做宝宝的新爸爸呢。虽然夏曦是我的弟弟，但是客观地说，他的条件还真的不如侯医生啊，脱了鞋也赶不上啊。"

夏曦大叫起来："姐，你不带这样撬边的哦。你还不好好交待一下，昨天晚上你到哪里去了，那个高大年轻的男人是谁？你把你的男朋友藏在哪里了？"

夏晨的脸居然红了。

"哪里有什么男朋友，我只是到林素家借沙发睡了一晚而已。"

正说着林素，爷爷走了进来。

"昨天我去公司加了一晚上的班，把手上的订单弄完，我也不打算再干了。接下来要弄房子的事情，实在忙不过来。"爷爷跟进厨房对奶奶说。

奶奶也不提昨晚的气话，只是淡淡地说："随你。"然后递过一把韭菜，让爷爷帮忙。

春日的韭菜，正处在生长的旺盛期，味道十分香美，配上五香豆腐干一炒，是一道美味有营养的下饭菜。

家里的烦恼，也像韭菜一样，割了一茬又一茬，虽然停不下来，但也预示着整个家庭的勃勃生机。

买学区房的问题终于按照关泓的想法解决了。

关泓长舒了一口气。

学区房的房产证拿到手，宝宝的户口也顺利迁入。

全家人喜气洋洋，带着孩子去报名。

没想到上托班，还有一轮面试。

老师问，宝宝自己会穿衣服吗？

不会，都是外婆和妈妈帮忙穿的。

老师在表格上画了一个圈。

老师又问：宝宝现在自己会大小便了吗？

还不太会呢，擦屁股是奶奶和外婆的事。

什么都要爷爷奶奶外婆外公代劳，吃饭靠喂，睡觉靠抱，大小便不能自理。

老师的表格上划了不少的圈圈。

最后，老师遗憾地表示，这样无法自理的宝宝，一时间还上不了幼儿园，只能回家再训练，看来要到明年直接来报小班了。

关泓带着宝宝走出来，心情十分沮丧，正遇上朵朵在跟老师甜甜地说："再见。"原来苑苑今天也带孩子来面试，朵朵顺利过关，很快就可以上幼儿园了。

家里，一家人像被霜打了似的全蔫了。外婆外公愤愤不平地指责幼儿园有眼无珠，把这样聪明的宝宝拒之门外，没有天理！

关泓也很郁闷。正在这时，艾莉打电话给她，说有一个工作机会，让她马上来。

关泓想想，只能先放下这边的烦恼，向钱进。

艾莉给关泓介绍的是一位模特公司的经纪人杰瑞，他看了关泓近期的一些作品，有意跟关泓签约，但条件是，每周必须有二十小时的工作时间，不然无法保证双方的经济效益。

关泓没办法自己做这样的决定，只能回家和大家商量。

外公外婆一听，立刻赞成。

复出工作的关泓在团里还是大龙套，看来这辈子也和主角无望了，再下去，一旦过了30岁，基本上就只有转行这一条路，现在能做职业模特，如果日后成了名，别说一套学区房了，什么买不起啊？

外公更是滔滔不绝地说："宝宝以后还要出国留学呢，你们不趁着年轻多给他挣点家底摆在这里，他以后怎么办啊？这对关泓对宝宝来说，都是好机会，别放弃。"

"就是，每周二十小时的工作时间也不算什么，双休日你多干一些，大不了我们把带孩子的事情全包了。你看那些明星，就说赵薇吧，人家不也是早早复出挣钱了嘛！妈妈支持你！"外婆也说得铿锵有力。

爷爷奶奶也说不出什么意见，如果关泓真的能在事业上有所发展，似乎对这个家没什么坏处，不说别的，收入会变得比较稳定。

这个家如今已坐吃山空捉襟见肘，爷爷又辞掉了林素那边的工作，挣钱的机会显得弥足珍贵。

关泓看看夏曦，夏曦沉默不语。今天宝宝面试幼儿园失败后，他一直很沉默，如今他还是一言不发。

在关泓看来，这就是一种默认了。

于是关泓决定和杰瑞先合作一个月试试看，如果大家磨合得可以，就正式签约。

　　杰瑞的确是个很专业的经理人，一周时间，给关泓接了四个订单，用足二十小时。

　　但实际上，工作时间远远不止二十小时，比如周六上午的工作是在五角场，关泓光是在路上就花了三个小时。晚上八点拍完照回到家，已经是差不多十点了，等她洗完澡准备来抱抱孩子，孩子已经睡着了。

　　夏曦说，儿子是哭着念叨着妈妈睡着的。

　　周日杰瑞又替关泓接了一个活，而正常周日的时间，如果天晴，雷打不动关泓和夏曦会带孩子去公园。但这个活是帮一本著名的时尚杂志拍大片，不仅稿费丰厚，而且大部分广告公司的人都会看这本杂志，会给关泓带来更多的工作机会。

　　关泓很犹豫，杰瑞也不催，毕竟这样的活你只要说不做，想接的人一大把。

　　外婆催着关泓出门去工作，夏曦想表达点什么意思，却被外婆打断了。

　　"不就是带孩子去公园吗？我们陪着去就是了！夏曦，要不是你挣得太少，你老婆何至于要这么累？所以你还是不要拖后腿的好。"

　　夏曦只能无奈地点了点头，默默送关泓下了楼。

　　楼上，宝宝见妈妈出去了，失望得放声大哭起来。为了安抚他，奶奶同意他一边看电视一边吃饭，而这是关泓明令禁止的。

　　夏曦回到家，看见宝宝端坐在电视机前，一边看着动画片，一边食不知味地吃着饭，只能摇了摇头。

　　这一天，关泓到晚上十点还没回来。

　　夏曦打电话去，关泓说还有一条片子没拍完。

　　外婆怕妈妈回来晚了影响孩子睡觉，正好夏曦网店的生意很忙，就主动把宝宝抱去自己房间睡觉。宝宝跟外婆撒娇，不肯自己睡，外婆就势把他抱进了自己的被窝。

　　几天下来，关泓苦心经营好的很多事情都被改变了。

按照关泓的计划，宝宝要尽快学会自己吃饭自己睡觉自己上厕所，不然没法通过幼儿园的面试。但是关泓不在的这些天，宝宝不仅没有进步，还多次躺在地上打滚撒娇，晚上睡觉连小床也不愿意睡，闹着要和外婆睡一个被窝。

关泓的每一天被杰瑞安排得满满的，虽然不断看见银行卡上的数字在增长，但她的心却越来越紧张，这样真的可以吗？

这天下午，关泓实在有点不踏实，她去见了苑苑。

苑苑正好调休，一个人在家里喝茶，朵朵去了幼儿园上托班之后，她终于有了自己的时间。看见关泓气急败坏地走进来，她连忙奉上了一杯茶。

关泓看了一眼玻璃品茗杯里的茶汤，红艳艳的，颜色像宝石一样美丽，喝了一口，味道醇和高雅，有种淡淡的幽香包裹在茶汤里。

"我不怎么喝茶，但这是什么茶，又漂亮又好喝，我好像在哪里喝过。"

"我不是送给过你嘛，这茶叫做群芳最。"

关泓没听明白，诧异地看着苑苑。

"说另一个名字给你听，就是祁门红茶。"苑苑又给关泓倒了一杯，"其实上次我送过给你，看来你没喝。"

关泓想起那包茶叶送给了夏晨，也不知道夏晨用在了什么地方。

"呵呵，我不爱喝红茶，尤其是那种吊个黄牌牌的。团里排练的时候给我们准备的都是红茶呢。"

苑苑笑了："看来我还真的要给你扫扫盲。不过茶不是靠讲的，关键要喝，喝过了喜欢，就是属于你的那杯茶。这是第三泡了，你再喝喝看。"

关泓轻轻抿了一口，有一种妥贴的感觉熨过她的心，烦躁的心情似乎也得到了疏解。

"英国有句俗语，下午四点的时候，不管在干什么，都应该停下来，喝一杯茶。说的就是下午茶，喝的就是这种祁门红茶。正好现在就是下午四点，我们有缘坐在一起来分享一下呗。"苑苑又给关泓倒了一杯。

关泓羡慕地说："你看我们在同一天生了孩子，你现在却这么轻松惬意，事业也一点都没耽误。我呢，孩子被四个老人惯坏了，自己的事业也不知道该怎么继续，我真的烦死了，才来找你这个成功人士取取经。"

苑苑笑了："什么成功人士，我们家朵朵很长一段时间，每天都会莫名其妙地大哭一场，你想，是为了什么？交给保姆带的孩子，不在妈妈身边，自然会有点寂寞。那时候，我真的焦虑得要命，生怕她得了什么病。"

"可是我每次见到你，都觉得你气定神闲，好像甘之如饴呢。"

"不然怎么办？孩子生下来，就这么扛着拖着向前走吧，反正她总会长大，会学会独立生活，谁不是这么过来的，就算你到处哭诉，又怎么样？回家还不是得你替她换尿布，不如省下哭诉的时间多干点具体的事情呢。"

苑苑站起来给关泓拿了一小块燕麦葡萄曲奇。

"红茶喝多了，会觉得肚子饿，因为它特别去油脂。你要是想减肥又怕伤胃，不妨多喝点，你们家夏曦在网上卖茶，没跟你推荐过？"

"我们哪里还有这个闲情逸致，现在我们连聊天的机会都没有。我现在每天忙得要死，都快忙出人格分裂了。"

关泓连忙跟苑苑讲起了自己忙碌的现状。

苑苑有点吃惊："你现在这么忙？身体吃得消吗？"

"身体还在其次。我一边在外面工作，一边又担心家里，真的是两头不着靠，现在人家等着我签约，我真的不知道该怎么办了。"

"这个决定我没法帮你做，你应该好好跟夏曦商量一下。"

"可这是我的机会，不是吗？生完孩子以后，我在芭蕾舞这一行几乎就是日薄西山了，随时准备退休，如果能做几年模特，也许会有新的发展。我总不能因为生了孩子就做一辈子家庭妇女吧？那到时候还不是只有被人抛弃的份！"

"你这话说得也太不相信你们夏曦了。再说了，以前你说过,跳芭蕾舞,是你妈喜欢，那么干模特这一行你自己喜欢吗？"

"开始是喜欢的，业余干干，挣点小钱，挺开心。可是做这种职业模特，我总觉得自己开始得太晚了，而且我比较喜欢安静，有的场合会受不了。"

"这一行我倒真的没有经验。"

"苑苑，你跟我差不多年纪，我真的很想知道，生完孩子你后悔吗？"

"怎么会，难道你后悔吗？"

"后悔倒也谈不上，但我真的很怕自己就此失去了价值。"

"那我跟你说说红茶的故事吧。做红茶的茶叶最初是因为报废了，做不出绿茶，才拿去制作红茶的。可是经过发酵，没想到却产生了一个茶的新品种，风靡了欧洲。你说，什么叫失去价值？我倒觉得生了孩子之后我成熟了不少，更有价值了呢！"

苑苑还是一如既往的乐观，她的自信也感染了关泓。虽然苑苑并没有给她一个结论，但离开苑苑家的关泓，不知道是不是喝了下午茶的缘故，心情轻松很多。

回到家，她听取苑苑的建议，和夏曦深谈了一次。

夏曦犹豫再三，说出了自己的真实想法。

"自从你忙起来以后，我发现一个道理，孩子的成长是金钱换不来的，如果错过了，花再多的钱也扳不回来。"

关泓叹了口气："我知道你的意思，自从我没时间管他，他的坏习惯越来越多了。你在家，你也可以管管啊。"

"你妈也是出于爱孩子，才会希望给予他一些情绪上的补偿，我也不方便直说。但是我真的一直在思考，我们赚钱到底是为了什么。"

"为了以后给他更好的教育啊！虽然学区房是买了，可我们欠你爸妈的十万还没还上，买房子的贷款也要还。宝宝未来还要上各种各样的辅导班，上好的学校，哪样不要花钱啊？"

"可是，你不觉得眼前的教育更加重要吗？如果一个孩子的性格人人厌恶，他还谈什么学业和事业？你不觉得他们把孩子惯得不成样子了吗？"

"现在老人带孩子的不是很多吗？据说一百个孩子里面，有四十九个是爷爷奶奶带大的。"

"关泓，孩子和孩子是不一样的。我们的孩子，我希望我们能自己对他负责任。我觉得，现在这个阶段，我们最主要的任务就是教育好他，陪着他好好成长。"

"可是也许我的事业就再也不可能重生了。"

"怎么会？这个世界上你没干过的工作多了，你怎么知道哪一个是你最合适的？我看你最近这一个月真的是心力交瘁，为了挣这点钱，你牺牲太大。我们的收入的确不多，但在这个城市也不算最少，别人的孩子都能在普通的物质条件下健康成长，我们为什么一定要跳起来去够所谓的贵族教育呢？说白了，你我都不是贵族，既然我们是芸芸众生，为什么我们的孩子不能上普通学校做个普通人呢？如果他注定不普通，那么请他自己努力，不是很好吗？"

关泓有点犹豫。

"你想想，你在孩子还没确立自己的人生观之前，就为他铺好你认为对的路，这跟当年你的父母对待你的方式有什么不同？让孩子轻松按照自己的特点长大，不是很好吗？现在他需要的是你能时常在他身边，这对他来说，比别的都重要！"

考虑了一个晚上，关泓下了决定，在孩子上幼儿园之前，她还是要多给孩子一些时间。她把自己的决定告诉杰瑞，杰瑞倒很坦然。

"没问题，一年的时间并不长，你好好想想，一年以后你一样可以来找我。"

你看，事情并没有那么绝对，有些机会，不是稍纵即逝的。

在没有这个机会以前，我是怎么生活的？有的时候，你不妨问问自己这个问题，也许，你不一定需要这个机会，也能生活得很好。

所以，关泓选择退一步，把自己从欲望中解放出来。

因为孩子的成长无法等待。

在孩子出生以前，如果你跟关泓说，让她放弃自己的事业，她会毫不犹豫地拒绝。但如今，她是一个母亲，所以像大多数的母亲一样，在自己和孩子之间，她选择放弃自己，奔向孩子。

做了母亲以后才会理解，这个世界上有很多事情，没有你，一样会顺利。唯独孩子的成长，母亲却是无可替代的。

幸运的是，关泓遇到了夏曦，他们有着同样的认识。

有的时候，我们觉得婚姻要慎重。但更多时候，我们选择自己的终身伴侣时，靠的只是抓不住的那种感觉。

感觉对了，初初相识的两个人，才能够携手走过一生，一起生儿育女，一起冷暖酸甜。

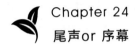

Chapter 24
尾声or 序幕

　　这天，关泓和夏曦把爷爷奶奶外公外婆请到了"一茶一坐"，带上宝宝去喝茶吃饭。苑苑远远看见他们来了，为他们安排了无烟区的座位，然后做了一个"加油"的手势。

　　一路走来，不知不觉，她和关泓成了互相扶持的伙伴。

　　这是孩子降生以来全家人第一次外出吃饭，老人们以为夏曦和关泓有什么喜事要宣布，没想到，等来的却是告别的话。

　　"爸妈，我和关泓商量过了，从现在开始，我们想学着自己带孩子，做饭洗衣服我们试着自己来，毕竟这是我们的孩子，我们想多为他做点事情。说白了吧，我们想自己带孩子，你们也累了，都回家休息一阵子吧。"

　　夏曦的潜台词并没有说出口——你们把孩子都惯坏了，我们看不下去了。

　　此话一出，可就炸了锅了。

　　天天喊哭喊累的人，没有一个愿意放弃带孩子的权利。

　　夏曦又抛出一个重磅炸弹。

　　"我们想过了，如果宝宝实在学不会自己照顾自己的话，我们会给宝宝选择一所寄宿制幼儿园，让他先去锻炼一年，然后再接他回来在家门口的幼儿园插班。"

　　爷爷拍案而起。

　　"寄宿，这么小的孩子，你们发疯了吧！"

"不，我们很清醒，现在很多被爷爷奶奶外公外婆惯坏的孩子，都是通过寄宿制幼儿园改掉那些陋习的，如果我们没办法教育他，只能用这个办法了。"

关泓还是忍不住说出了真实的想法。

没想到辛辛苦苦带大的孩子，却让儿子媳妇觉得被惯坏了，委屈的老人们几乎要拂袖而去。但夏曦和关泓两人意见一致，哪怕得罪父母也要尝试改变。

奶奶痛苦地抱着孙子不放，外婆则长篇大论地痛骂。但最终，他们都因为害怕夏曦和关泓真的把孩子送去寄宿，只能同意小两口的做法，伤心委屈地接受了。

夏曦和关泓在和自己父母的斡旋中彻底要回了孩子的控制权，准备彻头彻尾做一回真正的父母了。

独立生活的第一天早上，关泓和夏曦就遇到了问题。

孩子醒了，要穿衣服，但爸妈都还在睡梦之中，只能睡眼惺忪懵懂地爬起来。

关泓要去买菜，夏曦要做早饭，真的是忙得四脚朝天。

夏曦在磨豆浆的时候，宝宝又闹着要大便，夏曦只能把宝宝放在马桶上，然后再去厨房。

"宝宝，拉好了喊我一声，我来给你擦屁股。"夏曦在厨房里对宝宝叫道，手里则忙忙着煎荷包蛋。

一不留神，第一个荷包蛋煎破了，别看夏曦已经是做爸爸的人，这些活还真是没怎么做过呢，平时看别人做觉得容易，今天自己动手才发现实在很难。

夏曦全神贯注地煎着荷包蛋，完全忘了时间。

好不容易做成了一个完整的蛋，正好关泓进门，夏曦得意地大叫："妈妈，今天给宝宝吃我煎的荷包蛋，美着呢！"

关泓反问他："宝宝呢？"

夏曦这才想起孩子在马桶上。

两人冲进卫生间，宝宝正在自己放水冲马桶。

夏曦大叫："你屁股还没擦呢。"

宝宝得意地说："我喊你你不来，我自己擦好了！"

关泓不相信地看了看宝宝的屁股，还真的擦干净了。

关泓和夏曦激动地抱在了一起，庆祝孩子的第一个进步！

听说宝宝会自己擦屁股了，爷爷奶奶外公外婆也十分高兴，那种欣慰的感觉，就好像孩子已经拿到了全世界擦屁股的冠军。

于是，夏曦和关泓也更加坚定了信念，一定要自己承担起做父母的责任和义务，不能完全推给祖辈。

关泓取出那张生子协议，让夏曦帮她撕了个粉碎。

没有做妈妈以前，怎么会了解自己将成为什么样的妈妈呢？

如今的关泓总算看清了自己，面对自己的孩子，她根本不可能不参与他的生活。

孩子就是这样传奇，他们会在你茫然迷惘的时候，给你一缕阳光，让你相信自己，看清自己，并且确信自己一定能和他一起面对更多的问题。

每个孩子都是从不会吃饭、无法独自入睡的状态开始自己的人生的，然后他会慢慢独立，学习走路吃饭和更多的生活技能。他依赖父母生存，但必将成为他自己。

日后，孩子将学会更多东西。当他越来越独立的时候，请你们记住，曾经，你们为了他能自己擦屁股而如此兴奋。

当然，请别不断提高兴奋指数。满足于孩子的每一个小进步，你的生活会变得更加幸福和快乐。

因为，孩子不可能是完美的，我们做父母的也不是。

日子一天天过去，孩子总会长大，你犯过的错误，他可能也会犯，所以，别那么紧张。

慢慢地煮，水总会开。

慢慢地等，茶总会泡得开。

和孩子一起享受每一天吧，不见得都是开心的事，但我们可以开心面对。

请珍惜和孩子在一起的时光吧，很快，他就不再是个孩子了。

图书在版编目(CIP)数据

爱的发酵期 / 吕玫著.－上海：上海人民出版社，2011

ISBN 978－7－208－10058－9

Ⅰ.①爱… Ⅱ.①吕… Ⅲ.①长篇小说-中国-当代 Ⅳ.①I247.5

中国版本图书馆 CIP 数据核字（2011）第 122603 号

世纪文睿出品
Century Literature

出 品 人　邵　敏
责任编辑　林　岚　陈　蔡
封面装帧　居　居
内版设计　姜　追

爱的发酵期

吕　玫著

世 纪 出 版 集 团

上海人民出版社出版

（200001　上海福建中路 193 号　www.ewen.cc）

世纪出版集团发行中心发行

上海景条印刷有限公司印刷

开本 890×1240　1/32　印张 7　字数 120,000

2011 年 7 月第 1 版　2011 年 7 月第 1 次印刷

ISBN 978－7－208－10058－9/I·910

定价 20.00 元

EASTCHA 逸茶雅集
Shanghai
时尚健康茶饮首选品牌

陪亲爱的小孩，共品茶味人生

- 品味绿茶：恰如成长的少年，孕育一丝清新，给您慰藉与希望，背后的清新也越发显得隽永而流长。
- 品味乌龙：回味甘醇，集聚中年的沉稳，精致复杂的采制工艺酿造了乌龙茶般完整而丰富的人生。
- 品味普洱：陈香四溢，耐久储藏，越陈越香，正如人生般超凡脱俗，演绎着传奇与智慧。红茶，清爽里带点甜腻，优雅自若，红茶般的人生甘甜醇美、芳香四溢、激情恒久。
- 小贴士：茶是健康的饮品，内含多种营养物质与成分，适合不同年龄段饮用。小孩饮茶不宜过浓，适度饮茶对其身心成长有莫大帮助。最佳饮茶年龄从6岁开始。

环保玉米纤维包

逸茶雅集采用高新技术开发玉米纤维三角茶包，利用玉米、小麦等淀粉原料经由专业萃取制成，环保可降解，干净卫生，透水性好，泡饮效果极佳，是现代环保的爱心产物。

精选原叶
Selecting Whole Leaf Tea

自然环保
Environmental Friendly

冲泡简单
Easy Brew

品味高尚
Elegant Taste

品茗观赏
More Enjoyable

干净卫生
Clean and Healthy

品牌保证
Quality Assurance by EASTCHA

高标质量
Consistent in High Quality Standards

喝好茶 简单泡
FINE TEA ☙ EASY BREW

---

1. 健康成长 TG11607
有机白牡丹=凭券特价30元
使用日期：2011年8月1日-8月31月 （原价38元）

精选自福建福鼎的优质有机白牡丹芽叶连枝，叶片抱心形似花朵，叶态自然；冲泡后：绿叶托着嫩芽，宛如牡丹初放。制作采用"自然萎凋、不揉不炒"的传统工艺，完全称得上是最健康、自然的好茶。

（凭券购买方有优惠）

2. 品味人生 TG11608
蜜桃乌龙+时尚品茗杯=凭券特价76元
使用日期：2011年9月1日-9月30月 （原价96元）

由乌龙茶、新鲜的果粒干等精制而成的蜜桃乌龙，品饮时搭配晶品玻璃杯，不仅能品味到乌龙茶的甘醇，蜜桃的香甜；更能品味到幸福的人生。

（凭券购买方有优惠）

3. 智慧有道
典藏幸运兔年普洱茶饼-典藏版2入
=凭券特价238元 TG11609 （原价298元）
典藏幸运兔年普洱茶饼-精装版1入
=凭券特价138元 （精装版有生、熟可选）
TG11610 生/ TG11611 熟 （原价168元）
使用日期：2011年10月1日-10月31日

兔天性活跃灵敏，是幸运、吉祥、福缘的象征。生肖兔年逸茶雅集推出了兔年普洱茶饼，茶礼寓意着智慧有道。是自用、收藏、礼赠的尊贵茶礼。

逸 茶 雅 集
喝好茶、简单泡的第一选择

喝茶一定「喝好茶」
Fine Tea

茶是仅次于「水」全世界消耗量最大的饮料，茶拥有上百种特殊有机化合物与多种保健成分，所以喝茶的好处非常多，不仅让人消渴、解腻、醒脑、提神及稳定情绪，而茶中的儿茶素、茶氨酸更有抗氧化、去除自由基、提高免疫力，能消除人体辐射量的效果，故「茶」被称为是上天赐给人类最好的礼物。因此喝茶绝对要讲究「喝好茶」即茶叶自然纯净无污染、制茶工艺严谨精湛、包装质优实用、加上品牌的严格质量管理与服务承诺，这才是The Finest, Loveliest, Genuine Teas 「至真、至善、至美的好茶」！惟有喝好茶才能享受真正的健康、品味真正的生活。

轻松快意「简单泡」
Easy Brew

泡茶是一门真功夫，但对现代人来说泡茶需要的是简单、快速、卫生、方便才能符合当今的生活节奏。逸茶雅集「分享包」袋泡茶系列；特别挑选高级原叶茗茶，采用高新技术开发的玉米纤维三角茶包制成。透明、精细的茶包，可以让人观赏到茶叶形及在水中舒展的姿态，同时能让茶叶迅速融于茶汤之中，散发出鲜醇馨香气韵。高效水叶分离过滤，呈现晶莹清亮的茶汤色泽，尤其特别利于泡饮后的清理，丝毫不费事费力，让您随时随地都能泡出专家级的美味。

上海逸品贸易有限公司
地址：上海市徐汇区田林路398号3楼D室
逸茶雅集订购热线：021-5445 3128
淘宝网购：eastcha.tmall.com

一茶一坐 茶人生活事业品牌 Y EASTCHA 逸茶雅集